竹馬成雙 3

AUTHOR | 愛看天　　ILLUST | EnLin

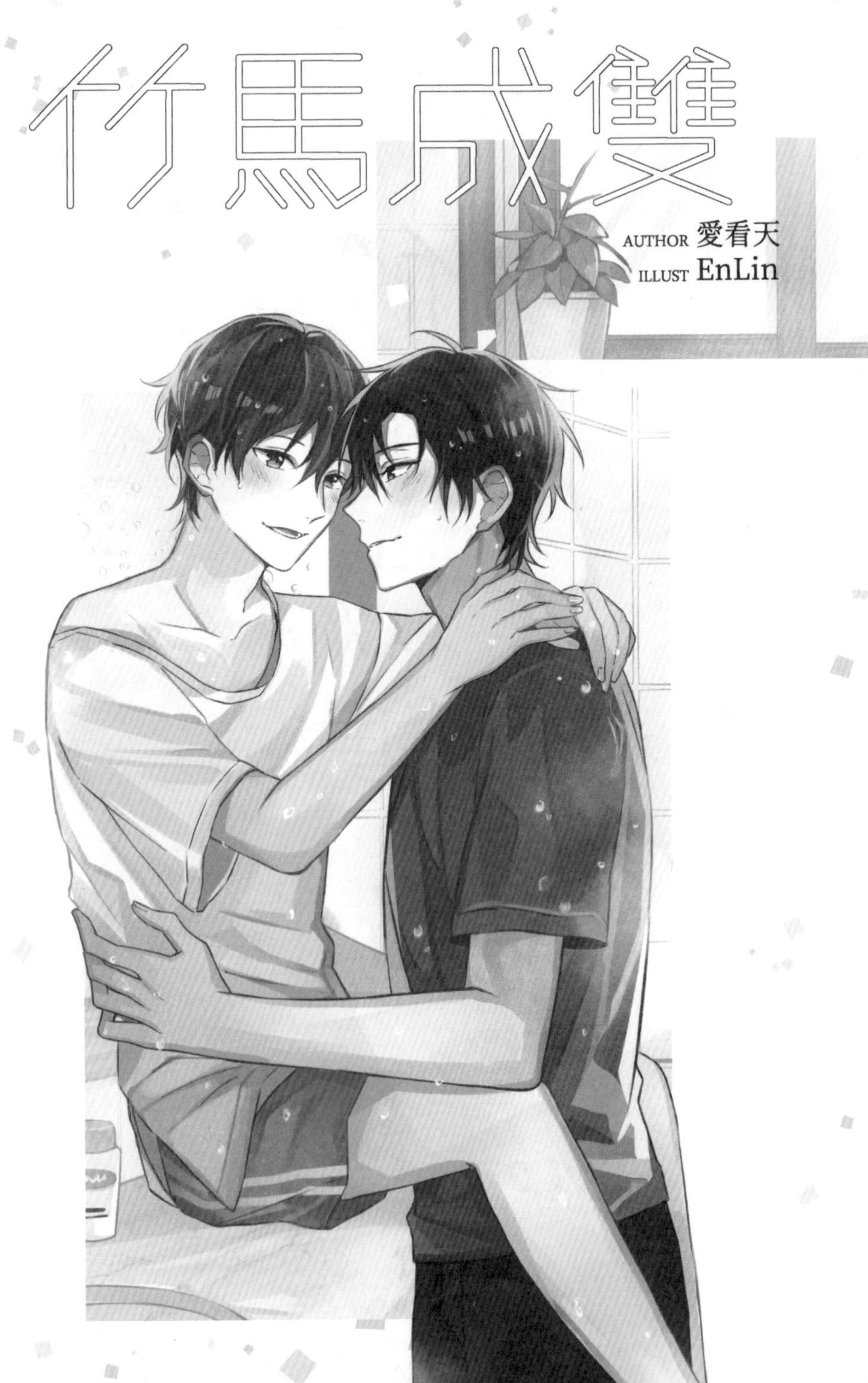
竹馬成雙
AUTHOR 愛看天
ILLUST EnLin

Contents

第一章　試著做朋友

教導主任回來的時候，戰鬥已經結束了。

圍觀群眾被黑小子的狠勁震懾住了，腦海裡還是李盛東被修理後的慘樣，躲得更遠了，連看都不敢往這裡看一眼。沒跑的留在那裡，黑小子臨走時揚起的拳頭充分發揮了作用，周圍的人都不敢提到丁旭。

教導主任帶著四五個保全過來，腰板也挺直了，「人呢？剛才打架的那兩個人呢？」

周圍的同學們一齊搖頭，「沒看到，打著打著就跑了……」

老頭翻了翻筆記本，他剛才有記下來，是一班的。

「這件事絕對要記過！我跟你們說，包庇行為是不對的！查到的話，一起嚴辦！」

這一說，更沒人願意上前舉發了。

教導主任磨蹭了一會兒，見到沒什麼成果，帶著幾個身強力壯的保全去前面的教學大樓碰碰運氣，心想那兩個剛惹事的學生會不會自己跑回教室了。

體育老師們也回來了，發生了打架的事，也都不敢再擅自離開，各自盯著各自的班級訓練。

丁旭在跑道上繞了兩圈，想一想，還是跟老師請了假，去醫務室休息，他現在可沒有本錢再生病了。

教導主任帶著人馬到丁浩班上時，正好在上地理課。老頭不好意思進去打擾學生上課，就踮起腳，在後面窗戶外掃視了一遍，主要把目光集中在後面兩排的大個子身上。可是看了半天，也沒看到剛才打架的那兩個人。他又看了一遍，覺得有點不對勁，全班都到齊了，也沒有見到打架受傷的啊？

教導主任這才明白自己被那兩個人擺了一道。真是太壞了！做錯了事情，怎麼可以還欺騙老師呢？

老頭生氣了，之後又開始第二輪的嚴打風波，這次高年級的男生宿舍也受到了牽連，晚上十點準時查寢。

白斌和丁浩的宿舍也連續被查了三個晚上，等教導主任帶人來檢查完，丁浩才抱著自己的被子跑回白斌床上，還在幸災樂禍。

「他要是能查到就真的了不起了，哈哈！」

白斌拿了一罐熱牛奶給他，也跟著開玩笑，「要不然你去舉報吧？大門口還有貼呢，說舉報的人能加分，還有十塊錢人民幣的獎金。」

丁浩吐了吐舌頭。

「我才不去，要是舉報了李盛東，他還不把我賣了？說是我讓他進來的，我還吃不完兜著走呢！」

丁浩太了解李盛東那孫子的作風了，絕對會賴皮啊。丁浩忍不住又感慨一句，「不過，李盛東還真會惹禍，竟然還跨校打架！嘖嘖，不知道是實驗班的哪個人這麼有能耐，打得過他……」

張陽那天在練習鉛球，離戰場比較遠，丁浩只聽他說了一點點，對那個把李盛東痛打一頓的人很好奇。

白斌倒是知道得比較多一點，看丁浩喝完了牛奶，又催他去刷牙，「不是實驗班的人，你也見過的。」

丁浩刷了滿嘴的白泡沫，聽見白斌這麼說，也不急著刷牙了，張口就問他：「回啊（誰啊）？」

白斌把水杯往他那邊挪，「肖良文，以前跟我練拳的那個黑小子，你還記得嗎？」

丁浩睜大了眼，隨便漱完口，「怎麼是他？那個肖良文，不會也是我們學校的吧？我沒見過他啊……」

他拿一條毛巾把嘴巴擦乾淨，還在納悶地嘀嘀咕咕，念著黑小子。

「嗳，你說黑小子不會是實驗班的吧？我沒聽張陽提過他們班有這號人物啊……」

白斌一把將丁浩抱起，放在洗手臺上，摟著他的腰湊近去親他。

「先檢查看看刷乾淨了沒有。」

說完就吻住了丁浩還微微張著的嘴巴，在唇上磨蹭兩下，直奔主題。

這次的吻很短暫，只用舌尖象徵性地舔吮牙齒，巡視了兩圈就退出來。

丁浩有點不滿意，又湊上去在白斌嘴上親了一口，「我也要檢查你……」

白斌倒是很享受，瞇起眼睛來，任由丁浩伸舌頭進來嬉戲，偶爾回應一下他，大半的注意力卻都放在雙手摟著的腰肢，隨著丁浩深入親吻，改變力度揉捏著。

似乎很不滿意白斌的不專注，丁浩也用膝蓋在白斌腰間磨蹭了一下，舌頭在白斌的唇上舔過，留下濕漉漉的痕跡，接著又大力地吸吮掉，「白斌……你幹嘛啊……」

丁浩的吻無疑讓人很舒服，白斌與他氣息糾纏，身體也糾纏在一起，手早就探進了丁浩的上衣裡，擁著他加深了這個吻。就連丁浩的睡褲也不知道在什麼時候被扯開了一些，直到手掌撫摸上臀部，才讓丁浩有些掙扎，「好冰！」

那當然，旁邊裝著半杯水的杯子被撞翻，洗手臺都濕了。丁浩坐在那裡，直到被扒掉了褲子才反應過來。

白斌趴在他身上喘了口氣，半天才緩下來，「抱歉啊浩浩，我好像有點忍不住了。」

丁浩被他說得紅了臉，他當然知道這檔子事，可是，現在會不會有點早？

還在想時，臉頰就被親了一下，很輕，帶著一些寵溺的味道，「好了，沒事，別怕，我等你長大。」

丁浩的臉更紅了，推開白斌，從洗手臺上跳下來。

「誰怕了，伸頭、縮頭都是一刀啊，哼……」睡褲後面已經被水弄濕了，丁浩跑出去換了一件，還是一樣的款式、顏色，但這件比較大一點，褲管都折了兩折還不夠，「噯，怎麼越洗越大了……」

白斌被他逗笑了，乾脆把小孩抱到床上，帶進了被窩，「你穿錯了，那是我的。」看他臉紅了，又忍不住在臉上親了幾下，軟軟的，格外舒服，「穿著吧，我滿喜歡看你穿這件的。」

丁浩仰起頭，趴在他懷裡讓他親了半天，「下次我把我的也借給你！」

白斌逗他，「當七分褲穿？」

「呸！」丁浩怒了，張嘴在他肩膀上咬了一口，來回磨著牙。

鬧了半天才想起正事，丁浩翻身趴在白斌身上，繼續問他剛才那個問題，「真的是那個黑小子跟李盛東打起來的？」

白斌把他往上抱了一下，額頭抵著他的，手也環在他的腰上，把整個人都抱住。

「是，聽說也挨了李盛東幾拳，差點破了相。」

丁浩笑了，「那麼黑，誰看得出來啊？噯，李盛東不是去找丁旭的嗎？怎麼碰到那個黑小子就打起來了？他們都認識丁旭……？」

丁浩猜得還算有點準，只是沒猜到重點。

白斌把丁浩在自己腰上滑來滑去的手指拿下來，乾脆一手握住，另一手繼續摟著他，在他耳邊悄聲說了一句話。

丁浩的眼睛立刻亮了，「真的？你真的看見那個黑小子跟丁旭啃在一起啦？」

白斌有點疑惑，他不知道丁浩為什麼這麼激動，不過還是點了點頭，「那天去打拳的時候提早了一點離開，在路邊的小巷子裡看見的。」

丁浩的眼睛更亮了，「喔喔喔！多說點，多說點！」

白斌瞇起眼睛，「浩浩，你這麼興奮幹什麼？不會要拿這個去刺激李盛東吧？」

雖然這件事是真的，但是白斌還是不太想當眾揭露別人的祕密。他只是無心看見的，跟丁浩分享是因為親密，冒然去跟李盛東說就不是那麼一回事了。

丁浩咳了一聲，「我才不會跟李盛東說，其實，我跟丁旭也算認識……」想了想，實在不知道該怎麼跟白斌解釋，也不願意騙他，只好半真半假地跟他說了自己和丁旭的關係，「我之前做錯了事，害丁旭傷得不輕，現在正在想辦法跟他道歉呢！」

白斌又問他：「什麼時候的事啊，我怎麼不知道？」

丁浩的嘴巴有點發苦，這要怎麼說啊？

「很久了，反正，是在認識你之前了。」

這點他沒說謊，這的確是在認識這輩子的白斌之前的事。

白斌有點驚訝，他跟丁浩形影不離，那麼這份仇是多早之前結下的啊？不會是幼稚園時期吧？白斌跟他開玩笑，蹭了蹭丁浩的鼻子問他，「什麼深仇大恨啊？那個丁旭到現在還記得嗎？」

丁浩撇撇嘴，那真的是深仇大恨，「他這輩子是忘不了了。」

白斌安慰他，「下次跟他好好解釋一下、道個歉，沒事的。」看到丁浩難得愁眉苦臉的模樣，還用手指逗他玩，「下次可不能再調皮了，看見了吧？不是每個人都會像我一樣讓著你。」

丁浩哼了一聲，「少來，就你最常欺負我，那是我心胸寬廣，沒跟你算帳……」

白斌笑了，「我怎麼欺負你了？」

丁浩瞪他，「你今天又畫了好幾個單字，不就是晚回答了一點嗎？你需要把我畫上三道條線嗎！」

白斌的眼睛暗了一下，手掌按上丁浩的後腦勺，壓著他吻上自己，「我都記著呢，等考完試，我們來算總帳。」

丁浩覺得就算是剛才在洗手臺上熱吻，也沒有比現在還讓人心慌。他試著躲避了一下，卻被按得更緊了。被白斌接連不斷地親了幾下，力氣大到都有點疼了。

丁浩被放開的時候還在猶豫，看到白斌在背後摟著他，一副想睡覺的樣子，湊過去跟他商量，「要不然，白斌，我用手幫你吧？用、用腿也行……」丁浩說話的聲音很小，後面一句幾乎聽不清楚。

「不用。」白斌捏了捏他的鼻子，心情似乎很好，伸手替丁浩把薄被往上拉了一下，「忍著吧，考完試再說。」

丁浩在心裡默默數了一下畫線單字的數量，忽然很期待考試時間延長。

◇

白斌的話說得太直白了，讓丁浩嚇得不敢再跟他學英語，偷偷摸摸地去找張陽補習。張陽的英語成績不錯，教得也很有耐心、細緻，多解釋幾遍也不嫌煩，丁浩覺得這才是個真正的好老師。

張陽教的比較有趣一點，比如單字 Scar，他跟丁浩解釋說：你看，S 就像一條扭動著的蛇，car 是汽車，這台汽車從蛇身上輾過去，肯定會留疤啊！於是丁浩記住了，Scar 是疤痕的意思。

從這一個小例子中可以看出，像白斌那種對語言天生自來熟的傢伙還是很少，大家都拚了命地用各種方法記這門鳥語。

丁浩聽到張陽這樣解釋，心裡也舒坦不少，對張陽的好感又增加了一些，拿著課本感慨了幾句。

「張陽啊，我怎麼沒早點認識你呢？要是我英語一開始就是你教的就好了，這也不是很難嘛！」

張陽也笑了，「只有一部分很容易背，其他的還是要死記硬背的。我之前也沒接觸過英語，剛開始都很難，慢慢地就好了。這裡還有一份，你再背一會兒？」

丁浩第一次對背誦英文單字沒那麼抵觸，接過來看了兩遍。

這是一份複印的資料，對每個單字都做了詳細的註解，跟之前的那個也差不多。

丁浩背得很輕鬆，沒多久就背誦完，興致勃勃地把複印資料還給張陽，「好了，你提問吧！」

張陽在旁邊寫填空題，聽見丁浩說話也抬起頭來，看起來還有點驚訝。

「都背完了？丁浩，你很厲害啊。」他拿起來檢查一遍，五十個單字只錯了兩個，張陽把那兩個勾出來，還誇獎他，「不錯，照這樣背下去，用不了多久我就沒辦法輔導你了！」

丁浩看到他在出錯的單字底下拿筆畫線，連忙攔住他，「噯，張陽，停！別畫橫線！」

張陽有點不解，抬起頭跟他解釋，「我幫你把出錯的標出來，下次比較好背……」

丁浩對那條橫線有不可告人的羞恥感，想了想還是放開張陽的手，囑咐他，「別畫橫線，在前面畫個三角形就好了！不然畫個圈也行！」

張陽也沒多想，真的在出錯的單字前面畫了三角形，「這幾個單字的意思還要稍微做一點區分，你寫一點選擇題和填空題連結一下，等等再找幾篇範文背，考試的時候，作文只有那幾個範本，背好再套用就行了。」

丁浩點了頭，跟著張陽埋頭學習。

張陽看到對面的丁浩背得很起勁，自己也多了幾分興致。一起看書的提議很不錯，至少面對丁浩，他的複習進度也加快不少。

兩個人利用午休時間一起在天臺複習，慢慢地就成了習慣。白斌看見丁浩進步很多，也就不管他們了，畢竟跟張陽學了英語後，丁浩不再那麼牴觸外語了。

對丁浩有好處的事，白斌通常都不會阻攔，只是每天晚上臨睡前的親吻都特意加大了力氣，有兩次還故意在丁浩的脖子上吸出兩顆草莓。丁浩被他壓在床上，猶猶豫豫地問他，「那個，白斌啊，你該不會是在吃醋吧？」

白斌又在丁浩的喉結上吸出一顆草莓，這次還用牙齒咬出輕微的痕跡。

丁浩不敢再問了。

除了穩定進行中的英語輔導之外，丁浩最大的收穫就是跟丁旭說上話了。雖然不能說是「重塑」友誼，但好歹也能說點普通的問候了。

丁浩每次去找張陽的時候，都會試著跟丁旭套近乎。有的時候張陽不在，他就坐在丁旭旁邊跟他說話，回應率從百分之十五逐步提高到了現在的百分之七十五。

由於帶著愧疚，丁浩的口氣相對比較溫和。

「丁旭，那個，董飛上次才在問，這段時間都沒看到你跟肖良文去基地練拳了……」

丁旭埋頭複習功課，理都不理他。

丁浩也不氣餒，畢竟是他對不起丁旭在先嘛，我們得擺出應有的姿態。於是，丁浩繼續用交換祕密來同化丁旭。

「你是不是跟肖良文滿好的？」看到丁旭寫字的筆頓了一下，丁浩連忙安慰他，「不用怕，我和白斌跟你們一樣！丁旭，我這輩子算是想通了，這種事也沒什麼……」

丁旭還在埋頭寫著，輕微地哼了一聲，算是表達。

丁浩想通了？這混蛋上輩子沒想通就那樣欺男霸女的，現在想通了還得了！複習功課的某人一心二用地表達不滿。

丁浩看見他有點反應了，又湊近他，小聲地說：

「不過，你們也太大膽了吧？剛走出基地就啃起來了？嘿嘿。」

丁浩是從白斌那裡聽來的，他之前倒是沒想到丁旭跟肖良文有這種關係，不過經白斌這麼一提點，倒覺得有那種感覺了。嘖嘖，看不出來啊，上輩子見到丁旭時，還是那麼正派、清心寡欲的人，一重生就找了個小情人。

丁浩半知半解地看著丁旭眨了眨眼，「別裝了，我們可是自己人！我知道能重生一次滿不容易的，做一點自己之前想做的事多好，比如你現在，雖然嘴巴滿……咳，滿不饒人的，但是看起來比上輩子順眼多了！」

被丁浩這樣一而再，再而三地提醒，丁旭也想起來了。那次是肖良文去練拳，贏了基地裡的一個士兵，吵著非要獎勵不可，連回家都來不及，就把他扯到牆角裡親起來了。肖良文就是這點不好，一做劇烈運動就容易亢奮。

丁旭抬頭看了丁浩一眼，又默默地低下頭去複習自己的。

這幾天，丁浩每次都主動來跟自己說話，說實在的，接觸久了也不覺得這個人討厭，而且自己的死，其實牽扯最多的是肖良文……想到這些，丁旭就默許了丁浩繼續在這裡嘮叨。

丁浩似乎被丁旭的那一眼鼓舞了，他發現只要提到肖良文，丁旭都會有回應，不錯，看來肖良文是突破點啊！

他看著丁旭的那手字，很難想像這麼內斂，甚至現在還帶著一點年少清秀的人，竟然寫得出這一手險峻的字體，筆力強勁，起伏有度，一個個鮮明地立在紙上。如果說人如其字，那麼這個人一定是個做事嚴謹的人，通常這樣的人還非常固執。

丁旭現在就選擇了肖良文，是不是就說明了他這輩子的選擇？丁浩覺得很不可思議，這樣的兩個人怎麼會在一起呢？

「我都沒想過是你們……」

丁旭還以為他在說他們在小巷裡接吻的事。他跟丁浩沒什麼不好意思的，都是成年人，抬頭就反問他，「白斌打完不興奮嗎？男人都這樣吧？」看到丁浩真的在掰手指算著，冷哼了一聲，「丁浩，你還是沒變啊，私生活混亂，這麼嫩的你也吃得下去！」

丁浩被他嗆了一句，連忙解釋，「噯！丁旭，話不能這麼說啊，我現在可是比他嫩！是誰吃不下去啊……」

看到丁旭總算跟自己說話了，丁浩又試著跟他打商量，把態度放軟了一點，「丁旭，你說話能不能別帶刺啊？好好說話可以嗎？我說真的，我覺得我們滿有緣分的……」

那位還沉浸在自己的祕密被揭開的不爽中，頭也不抬，「被你撞死的緣分？」

丁浩噎在那裡，半天沒緩過來，「不是啊，之前好歹也算是認識，我們多少有一點交情……」

「喔，你是說，你明知道我酒精過敏，你他媽還往死裡灌我的事？」

丁浩在心裡流淚，沒見過這麼難伺候的。丁旭不說話坐在那裡時，美得像冰雕雪刻的一樣，一開口就氣勢全開，丁浩懷著一顆愧疚之心來，完全只有被虐的份，承受不了啊。

「上輩子的讓它過去吧，我們就不能和和氣氣地當朋友嗎……」

「可以啊。」丁旭放下筆看著丁浩。

丁浩沒想到他這麼乾脆，但是下一句立刻讓他警惕起來，「先拿五百塊錢來。」

丁浩一臉嚴肅，「我沒錢。」

丁旭哼了一聲，活動了一下有些發麻的手指，「丁浩，你是怎麼混的啊？五百塊都沒有，真窮。」

丁浩的臉皮厚，完全把這句話當成誇獎，「我呢，出生在一個清正廉潔的家庭，父母薪水微薄，上有七十祖母要照顧，下有……」

丁旭敲桌子打斷他的話，「嗳嗳嗳，要點臉啊，我第一次見到你的時候，你可是沾著當官的光，狐假虎威啊！別跟我提清正廉潔！」

丁浩立刻補充說明，「那是白斌幹的，我個人的家庭還是比較根正苗紅，祖上三代貧農，絕對清白，如今更是向著國家冉冉升起的太陽茁壯成長……」

丁旭收拾好書就準備離開，這傢伙太噁心了。

丁浩連忙拉住他，不停地勸他，「嗳，丁旭！我是開玩笑啦，沒有人翻臉的啊！」拉住丁旭，又靦腆地問，「我是對賺錢沒轍了，你那邊有辦法嗎？」

丁旭從他手裡拿回衣服，「……沒有。」

丁浩不高興了，揪著衣服不放手，「我聽出來了，你是想說『有也不告訴你』！」

丁旭嘆了口氣，再次把衣服從丁浩手裡扯出來。

「我說，你要不要讓我去上課了？我們下午第一節課是英語聽力，要去高中部那邊的聽力教室上，再不走我就要遲到了。」

丁浩放開手，眼睛睜得大大地看著丁旭，忽然就笑了。

「丁旭啊，這還是你第一次跟我說這麼多話！我們算是朋友了吧？我真心跟你道歉，你就原諒過去那該死的我，試著跟現在的我好好相處吧？」

丁旭被這個人的厚臉皮震懾住了，看了他幾秒鐘，轉身就走，嘟嘟囔囔地說了一句，「我再考慮考慮。」

後面的人笑得很開心，坐在那裡跟他揮手道別，「之後再見啊，丁旭！有賺錢的工作記得找我啊！」

◇

中考結束後，要過一個星期才能領到成績。丁浩在考完試當天就跑回丁奶奶家了，丁奶奶新搬去的小院子還是一如既往，打理得很舒適，丁浩到了那裡，先啃了幾塊冰鎮西瓜，又喝了一瓶可樂才咬著一根冰棒，去打電話給丁遠邊和白斌。

兩邊的反應很不一樣，丁遠邊氣得跳腳，在電話另一頭直罵小兔崽子，『你還知道打電話回來啊?!我跟你媽去接你沒接到人，還以為你失蹤了呢！』

丁浩把電話拿得遠遠的，丁遠邊一喊出來，丁奶奶在門口就聽見了，放下裝著青桃的小簍子，過去接起電話，「不許跟孩子大小聲，他好不容易考完試來我這裡休息，不行嗎?」

丁遠邊諾諾不敢言，小心地和丁奶奶解釋。

『不是，媽，丁浩的狀況比較嚴重，他都沒跟我們說，就自己跑了……』

丁奶奶不高興了，「他現在不是打電話給你了嗎?」這才是真正的不講道理。

丁遠邊被自己的親娘堵了回去，只能囑咐丁浩別再亂跑，給老人添麻煩。丁浩被丁奶奶的神勇折服，接起丁遠邊電話的時候還是笑嘻嘻的，氣得丁遠邊想打他，拿出當爹的氣勢，在電話裡威脅他，『丁浩，我跟你說啊，考不好回來就挨揍!』

丁浩拿著話筒，開始跟旁邊的丁奶奶實況轉播，「奶奶，我爸說要是我考不好，就要往死裡揍我……」

電話另一頭立刻換成了嘟嘟聲，丁遠邊跟這祖孫倆玩不起，直接掛了電話。

再打電話給白斌的時候，電話另一頭一片寂靜，安靜得讓丁浩懷疑是不是電話線出了問題，過了半天才聽見白斌說話，『那領成績的時候還會回來嗎?』

丁浩回答得小心翼翼，「那個，我就不特地過去一趟了，叫同學帶來給我就好……」

白斌對那個能幫忙帶成績回去的同學很敏感，立刻問，『張陽?』

丁浩應了一聲，「啊，對，我不是正好在奶奶這裡嗎？這個暑假我想都待在這裡……」

電話那頭又是短暫的沉默。

『這樣吧，過兩天我幫你把成績送過去。』

丁浩聽到他決定性的話語也不再反駁，反正誰帶回來都行，分數又不會變。

「好啊，你來的時候，幫我帶點衣服吧？我放在奶奶這裡的衣服都變小了。」

丁浩長高了，放在丁奶奶這裡的衣服是去年的，明顯不能穿了。丁奶奶倒是滿高興的，摸摸長得比自己還高的孫子，怎麼看怎麼喜歡。

白斌在電話那頭也笑了，語氣緩和許多，『好。還要幫奶奶帶藥嗎？一樣那幾種？』

丁浩想了想，「少帶一點吧，上次的還沒吃完，張醫生不是說看情況不錯，降血壓藥就適當減量嗎？奶奶這幾天說胃不舒服，都改成一次一粒了。這邊的羅布麻茶葉倒是喝完了，你來的時候帶些茶葉過來吧。」

白斌答應了，又說了一會兒才掛斷。

丁浩鬆了口氣，他會突然跑回來是有原因的。

丁奶奶的身體狀況良好，連春寒時的那場流行性感冒都沒有染上，丁浩被這種暴風雨前的寧靜弄得心神不安。上個月帶丁奶奶去找張醫生，做了全面的身體檢查，結果還不錯，只是血壓還是老樣子，又換了兩種藥吃。總是吃同一種藥對胃不好，也會產生抗藥性。

張醫生跟丁浩他們很熟，看到小孩每年都帶著他奶奶來檢查，總是逗他：

「丁浩啊，我要是有你這樣的孫子就好嘍，多孝順啊。」看到丁浩想翻白眼又忍住不敢直接翻的樣子，老頭就開心了，又說了幾句正事，「老太太的身體沒什麼大礙，就是得注意飲食。」

他提筆寫了幾項要注意的，因為丁奶奶也沒有抽菸、喝酒的愛好，只單純地寫了幾樣禁忌的食物，丁浩滿擔心地說，「真的沒事？」

張醫生瞥了瞥他，「你是希望發生什麼事嗎？」

丁浩腦袋搖得像撥浪鼓一樣，連連說著沒有，張醫生繼續寫單子。

「你們這麼小心，每年都做體檢，又有定期吃藥，自己該注意的也都注意了，血壓雖然沒降下去多少，但也不能提高啊，你說是不是？」

這一句話提醒了丁浩。他之前一直忽略了提前吃藥保養的事，現在想想，往後延遲的可能性還是很高。丁浩覺得這就像在倒數計時，你看不見還差多少，但是真的在逐步減少了。

丁浩心裡很慌，常常打電話給丁奶奶，也會時不時地詢問張陽媽媽。他總是覺得讓丁奶奶一個人在家很不放心，再加上白斌那邊還有一些記著要算的帳，這孩子就下定決心，收拾包袱就跑回來了。

丁奶奶跟丁浩相處得很是和睦，祖孫兩人每天澆花養草。閒了還養了一隻九官鳥，耳朵後面有一抹杏黃，跟小爪子的顏色一樣，看人都是歪著頭看，看起來就機靈。

丁奶奶逗了兩天，覺得這隻寶貝真好，像在逗丁浩一樣地逗那隻九官鳥，「寶貝豆豆喲～」

豆豆是九官鳥的名字，丁奶奶以前養了一隻狗也叫豆豆，老早就走了，如今換成養這隻九官鳥，名字還是用一樣的。

那隻九官鳥還算機靈，丁奶奶還來不及施壓，牠就學會了說話，第一句就是學丁奶奶咳嗽，「咳咳——！！」

這句學會得不是時候，丁浩正躲在外面的小院子跟白斌講電話，嚇得一顫！抬頭看見那隻小東西歪著頭看他，嘴裡又開始賣力地學，「咳咳——咳！！」

丁浩掛了電話就要去收拾牠，這小東西就學到了平生的第二句話。

「奶——奶——啊！！！奶奶！！！」這句是學丁浩的聲音。

丁浩站在旁邊，看牠聲嘶力竭地呼喚丁奶奶，嘴角都有點抽搐了。

他平時是這樣說話的？還有，他還沒碰到這個小東西呢，怎麼就翅膀都拍起來了！

丁浩敲敲鳥籠，「噯，別鬧了，聽話，我去抓蟲子給你吃，老是吃小米，吃膩了吧？」

九官鳥還在拍著翅膀，但是歪著頭，不叫喚了。

丁浩好想打牠。

院子的門敲響了幾聲，有人在外面問：

「丁奶奶在家嗎？丁浩，你在嗎？」試了試，門沒鎖，那位自來熟的就打開門進來了，看見丁浩在就笑著說，「我聽我媽說你回來了，過來看看你。」

丁浩有點不適應，掏掏耳朵，「李盛東，你用這麼溫和的語調跟我說話，還真是不適應……」

李盛東挑了挑眉毛，過去勾著丁浩的肩膀，「那什麼，丁小浩，再幫哥一個忙吧？」

丁浩翻了個白眼，他就知道李盛東過來準沒好事。

「不幫，我也幫不了，人家丁旭又不讀這裡的高中，你就算想讓我幫你傳信，我也沒辦法給他啊！再說，」丁浩指著李盛東剛復原不久的臉，說得很直白，「你還想挨揍啊？」

李盛東不說話，伸出手指逗籠子裡的九官鳥，黏了一點小米餵牠，「我就是不死心。」看見小東西低頭啄來吃，垂著的眼睛彎了一下，看起來沒那麼陰險了，「丁浩，你知道丁旭要去哪裡讀高中嗎？有空幫我打聽一下吧。」

丁浩嘆了口氣，還是點頭答應了。他有點後悔當初沒告訴李盛東丁旭是男的了，不過現在說了，反而會惹麻煩，等丁旭去外地上高中，幾年不見，他也會漸漸忘了吧？到那個時候再告訴李盛東吧。

丁浩想著，忍不住又笑了，「李盛東你還滿痴情的呢，上次那個小女朋友不要了？」

李盛東有點得意，他覺得痴情是一句特別好的誇獎，說話都開始飄了。

「那當然，別看我平時很花，但是一動心啊，就會認定一個不放手……」

那隻九官鳥估計是被李盛東用小米餵飽了，拍著翅膀，往聲音傳來的方向挪了挪，貼著鳥籠看向外面。牠估計是想炫耀一下新學的詞彙，小眼睛很是無辜地看著李盛東，「奶——奶——？」

丁浩氣死了，隔著鳥籠子彈牠，「亂叫什麼！誰都是你奶奶嗎！」

李盛東噗哧一聲笑了，「這是什麼鳥啊，還會說話呢？」

丁浩沒好氣地白了做無辜狀的九官鳥一眼，「路上買的，笨鳥！」

九官鳥豆豆不高興了，蹲在籠子裡的小鐵杆上學丁奶奶，聲音還很嚴肅，「咳咳——咳！！」

李盛東成功被這隻九官鳥治癒了，隔著鳥籠，對牠吹了一聲口哨，「寶貝～學得真好！下次帶好吃的給你！」

◇

丁浩是沒打聽到丁旭在哪裡上學，不過還是跟張陽多要了一張他們班的畢業照，想過幾天就送去給李盛東。張陽比較重視這件事，親自跑了一趟，送到丁奶奶家。

照片拍得很小，模樣都很模糊，背後印了每排的人名。丁旭的身高不高，站在中間第三排，跟女生交接的地方。

猛然一看，還真的比旁邊那個女生漂亮。丁浩把照片收起來，和張陽道謝，想了想還是問了一句，「丁旭沒回來拿成績？你們都不知道他去哪裡讀高中啊？」

張陽搖了搖頭，「沒來，也是別人幫他代領的。他好像家裡有事吧，從來沒跟我們提過。」

說到成績，張陽倒是滿高興的。

「丁浩，你這次考得不錯啊，我去拿成績的時候，英語老師還跟我誇獎你呢，說是沒想到你能考這麼高分！還問我你是去哪間補習班呢！」

丁浩聽白斌說過成績的事，還不錯，大概這兩天就會把成績單送來了。

他聽到張陽說的話，笑了：「張陽，你這是誇我還是誇自己？不過說真的，我倒是覺得你的教學品質不賴，以後可以往這方面發展……」

掛在外面的九官鳥豆豆覺得自己被忽視了，拍著翅膀，打了個噴嚏。

張陽嚇了一跳，「丁浩，鳥還會感冒啊？」

丁浩也跟著看了那隻九官鳥一眼，「別管牠，牠是在逗你玩！」

小東西歪著頭看丁浩，眼神還是很無辜，丁浩被牠氣笑了。

這隻九官鳥一天到晚淨在這裡惹事，賣鳥的說，九官鳥腦袋後面的黃色越大越聰明，還真的是這樣。這隻豆豆來一個星期就會說話了，聽了都哭笑不得。

丁浩正在跟張陽說九官鳥的趣事，門外就響起了兩聲喇叭聲。他把九官鳥交給張陽，出去看了一下，門外停著一輛小吉普車。

這種車沒有多新鮮，關鍵是開車的人很新鮮，丁浩圍著司機轉了兩圈：「白斌，你無照駕駛啊？」

白斌倒是很從容，從窗戶裡探出手捏丁浩的臉，笑道：「上來，我帶你去外面逛逛。」

丁浩對他的技術表示懷疑，「你什麼時候學開車的啊？我得考慮一下安全係數。」

臉又被白斌捏了一下，這死小孩立刻改口，「我覺得，是我影響你開車的心情，我個人安全係數不高，您高、您高……噯！白斌，你怎麼還捏啊！」

白斌逗他了一會兒，想先放下車上的東西就不鬧了，打開車門，開始往外搬，光是茶葉就帶了兩箱。丁浩有點心驚，「白斌，你把家搬來了？」

怪不得自己開吉普車來，副駕駛座上都放著背包。

白斌挑挑眉毛，「你不是說，暑假都要在這裡過？我把你平常會用到的那些東西也準備了一份帶來，先將就著用，到時候有缺再一起去買。」

丁浩被這個「一起」弄得有點暈，「你是說，你暑假也要在這裡過？」

白斌笑著點了點頭，「是啊，快點搬東西吧。」

他等等還得找地方停車，丁奶奶這邊路很窄，老是擋在門口也不好。

丁浩抱起一個箱子跟著他往裡面走，「你的車不急著還吧？晚上陪我去買鳥糧給豆豆，這傢伙現在都會挑食了！」

「好。」

這台吉普車是從白老爺子那裡開來的，白斌以前在基地學開車時，就是開這輛。開順手了，想到一個暑假都要在這裡，難免會用到，就開過來了。

想一想，白斌又補充了一句，「我來之前也去寵物店買了一點吃的和用的，先試試這些行不行。」

搬東西進來時，一眼就看見了不喜歡的人，白斌的臉色不變，但是明顯沒有剛才來的時候那麼高興，略微點頭，跟張陽打了個招呼就走進客廳。

張陽跟白斌也是有點不對盤，總是有一種說不清道不明的彆扭。一看見白斌，雖然不算是厭惡，但就是不喜歡。兩個人天生氣場不合，張陽一個人站在小院子裡陪著九官鳥。

丁浩跟在後面搬東西進來，看到張陽站在那裡沒事，立刻分派任務給他。

「張陽，快點幫忙搬東西！」這死小孩完全沒有把人家當成客人，直接開口使喚。

張陽聽到這句話，心情有些許微妙的變化，捲起袖子去幫忙搬東西。丁浩還不忘回頭囑咐他，「直接放在客廳裡就好了！沒有怕摔的，多搬一點！」

張陽搬東西的身影頓了一下，默默地繼續搬東西。他脾氣比較好，要是白露在這裡，通常都會問一句：丁浩，你還能再無恥一點嗎？

由此可見，默默奉獻的張陽是個好人。來回搬了四五趟才搬完，白斌幫他倒了一杯茶，張陽也滿客氣地謙讓了一下才一起坐下喝茶。

兩個人乾坐著，氣氛很詭異，客廳裡安靜得嚇人。丁浩在隔壁打電話給丁奶奶，老人出去學團體舞了，今天晚上要在廣場上跳新歌，丁奶奶跟幾個老姊妹特意去排練了一下，說要再過一會兒才回來。

白斌端著茶杯，看了張陽一眼，「聽說你得到了一等獎學金，恭喜。」

張陽捧著手裡的茶，也慢條斯理地喝著，「謝謝。」

獎學金跟助學金也有一點關聯，成績好且家庭貧困的同學得到的名額總會多一些，像白斌這樣的通常都是榮譽表揚，獎金都讓出來給別人。張陽聽到他說，總覺得有種被人贏過去的錯覺。

兩個人又是一陣安靜。

白斌放下茶杯，切入正題，「你經常來看丁浩？」

張陽推了推眼鏡，也不否認，「兩家離得比較近，抬頭不見低頭見的，不算是經常來。」

白斌的手指在桌子上敲了幾下，眉頭微微皺起，「我記得你這個暑假有參加勤工儉學。」言下之意，你來這裡似乎太清閒了。

張陽也不瞞他，「名額被擠掉了。」

白斌表示願意幫忙，「我可以問一下，也許還有別的名額。」

張陽有禮貌地拒絕，「不用，我現在過得很好，錢嘛，夠用就可以了。」

兩人的對話算不上針尖對麥芒，但是氣氛還真的說不上是友好。

差點冷場的時候，丁浩終於過來了，看到茶几上的第三杯水，知道是白斌幫自己倒的，立刻咕嘟咕嘟地喝掉，「奶奶說還要繼續跳舞，讓你先吃點水果墊胃，回來再做好吃的給你！」

白斌聽到丁浩的轉播，心情好多了，讓出身旁的空位叫丁浩坐下，「我不餓。」

丁浩翻了個白眼，「我當然知道你不餓，現在才不到下午三點。」丁浩抓了一顆青桃自己啃著，又遞了一顆給張陽，「嘗嘗吧，滿甜的，是後面郭叔家種的！」

張陽道了謝，接過來咬一口，還沒吞下去就看見丁浩又拿出一個信封，「噯，張陽，這是你放在這裡的吧？」

張陽差點被嘴裡的桃子噎死，咳了幾聲才緩過來，眼神都不太敢看向丁浩那邊，藉著擦眼鏡的機會，低頭承認了，「啊，那個……是……」

丁浩晃了晃手裡的信封，「我就知道是你，剛才搬東西的時候就看到了，你放在豆豆的籠子上做什麼？」

他看著那個用白紙黏成的信封，覺得很嚇人。這種東西通常是請願時用的吧？用白紙黏成信封，裡面寫個血書「懇請相關領導引起注意」。

丁浩越看越覺得那東西很邪門，放在茶几上不敢打開，「張陽，這裡面裝著什麼？」

白斌低頭看了看那個信封，也盯著張陽等他解答。

張陽垂著眼睛想了一會兒，忽然把那個信封收回來，對丁浩笑道，「我是不小心忘了，裡面是我的一點小祕密，本來想告訴你，不過還是算了。」

丁浩還沉浸在白信封加血書的請願書的腦補中，聽見張陽這麼說，只以為是張陽家裡的事，關心地追問：「是不是阿姨工作方面的事情啊？」

張陽他媽是臨時工，只簽了幾年的約，算起來也快到期了，難不成是被學校為難了？

張陽搖了搖頭，臉上的笑容沒變，「沒有，我家都很好，丁浩你一直都費心了。」轉頭看了白斌一眼，說得倒是意味深長，「很多事即使不說出來，心意也不會變，現在想想，這麼做也沒意思了。」

白斌也看著他，居然還贊同地點點頭，聲音沒什麼起伏，「也是，人貴有自知之明。」

丁浩被這兩個人打啞謎，猜得有點暈，看到兩人深深凝望的模樣忽然有種不好的預感，這兩人……該不會是他想的那樣吧？

丁浩看看白斌，再看看張陽，他是不是忽略了身邊最大的敵人？上輩子的時候，白斌很受歡迎啊！

丁浩往白斌那邊挪了挪，他雖然沒有白斌那樣的地盤意識，但好歹也是比較護食的人。

張陽很敏感，丁浩這一挪，他立刻就感覺到了，拿著那個白信封站起身跟丁浩道別，還是彬彬有禮的樣子，「丁浩，我出來也有一段時間了，我媽應該在找我了，改天見。」

丁浩起來送他，「今天謝謝你了，又拿照片給我又幫忙搬東西，改天請你吃刨冰啊。」

張陽對他笑著，一雙眼睛彎彎的，隱藏在眼鏡後面，看不出什麼情緒，「好。」

第二章　察覺

丁浩送走張陽回來後，白斌的心情也不好，往後躺在沙發上，瞇著眼睛想事情。

丁浩覺得白斌很不對勁，尤其是聯想到張陽一走，這傢伙就不說話了，更是不對勁，剛才還互相凝望，有說有笑啊……

丁浩也只是在肚子裡嘀咕一下，他要是問出來，白斌肯定會直接把他就地正法了。

丁浩湊過去獻殷勤，幫白斌捶了捶肩膀，又小心地捏了捏。白斌被丁浩這小媳婦的模樣逗笑了，拉著他的手，讓他緊靠著自己坐下，「這件事不怪你。」

白斌覺得這完全是張陽的過錯，喜歡誰不好，竟然敢打他家的主意！這就跟養了名貴的花一樣，你可以喜歡，可以誇讚，但你要是想摘走就是兩碼子事了，不可原諒。

丁浩被他這一句弄得心裡七上八下，「白斌，你也覺得……那封信其實是封情書吧？」

白斌挑起眉毛，哼了一聲，表示認可。

丁浩更不安了，「張陽太過分了！他怎麼能這樣啊……當初分明是我救他的！我冒著李盛東的拳頭，拖著半死不活的他去看醫生，他家也是我……好吧，是我們一起租給他的，就算是由感激上升到愛慕，也應該是我排第一個吧？」丁浩有點氣憤，抬頭去問白斌，「白斌，張陽不是應該喜歡上我嗎，怎麼就看上你了？這有點亂，你說他是不是應該再好好想想……？」

白斌扛起丁浩往裡面的臥室走，他覺得丁浩這次是真的需要一點小小的教訓。

「白斌！白斌……有話好好說，我錯了，我真的錯了，對不起還不行嗎！」

被扛進臥室、摔在床上的小孩開始示弱，這次生氣的人沒有心軟，俯下身子問他，「說說你錯在哪裡了？啊？」

丁浩的眼睛轉來轉去，壓根就沒發覺自己哪裡錯了，還在絞盡腦汁地想。

「我……我不該……不該嫉妒你？」

白斌按住他，低頭在他嘴上咬了一下！這還不夠，盯著他繼續問，「再說！」

丁浩往裡面縮了縮，手被抓著、按在頭上的感覺很不好，覺得自己像解剖臺上的青蛙。

在白斌的注視下，小腦袋都快停止運轉了，吞了吞口水說：「那什麼，我不該嫉妒……張陽？」是這樣吧？

白斌掀起丁浩的衣服，在他胸前咬了一口！

這次是真咬，丁浩都覺得肯定留下牙印了，疼得在床上扭來扭去。

「白斌，你夠了啊！我都沒找你碴，你在這裡委屈什麼……哎喲！我說你輕一點啊，痛痛！」

後面的聲音變了調，白斌在咬住的那裡舔了舔，丁浩的身體抖得更厲害了。

「白斌你夠了，別鬧了，等一下奶奶要回來了……嗚嗚……白斌，鬆口鬆口！別咬那裡！」

白斌不聽他的，埋在他胸前又咬了幾口，最後才含住那一點突起，慢慢地吸進嘴裡，用舌尖撥弄幾下，立刻就感到身下壓著的人繃直了身體，抗議得更厲害了。

白斌用鼻子哼了一聲，繼續懲罰他。含住那點突起，吮了兩聲，舌頭在已經硬起來的上面輾過，身下的人就軟了下來。

「白斌……白斌你放開……唔！！」

白斌埋頭不起，繼續在突起處的周圍又親又咬的。丁浩被親得幾乎起了反應，眼眶都紅了。又磨蹭了半天，白斌這才起來，幫他把衣服弄好，看到丁浩被自己弄出來的可憐模樣，心裡舒服了許多。

「奶奶也快回來了吧？我們先去把客廳裡的東西收拾好。」他還有一堆帳要跟丁浩算，倒是不急著現在算。

丁浩躺在床上不起來，「你先去，我、我等等過去……」

白斌伸手探下去，丁浩來不及阻止，按住白斌手的時機又不對，竟然一把將白斌和自己的下面都按住了。這樣一來，就像是在求白斌摸自己一樣，丁浩有點彆扭，「走開！讓我自己待一會兒！」

白斌的手果然拿開了，但是沒有走，坐在床邊，一副要觀看的樣子。丁浩再厚的臉皮也抵擋不了了，扯過涼被蓋在身上，「有人像你這樣的嗎？你這是……這是隔岸觀火！」

白斌被他逗笑了，湊過去伸手進去幫他，「那我伸出援手？」

丁浩本來想拒絕，後來想想，白斌從一開始到現在，有哪次不是自己伺候的？這麼一想就立刻躺平了，任由白斌上下撫弄，「好。」

他不占便宜，但也不能吃虧不是嗎？

抱著不吃虧的心態，丁浩在整個過程中都睜著眼睛看白斌，白斌看見他咬牙吸氣，忍著不出聲的模樣，湊過去親了親他，「舒服？」

丁浩的喉結滾動一下，還在硬撐，「也……也就那樣！」話剛說完就被白斌揉搓到冒出眼淚來，這副身體太禁不起刺激了。

丁浩抓著白斌的肩膀，湊過去親他下巴，這是白斌的敏感點。手下的力道果然輕了點，丁浩鬆了一口氣，他也不願意被別人說太快啊，是男人都會在乎這點小事。

兩個人恩愛了半天，好不容易完事，丁浩進浴室清理一下，白斌幫他拿來一套他帶來的換洗衣服，放在浴室外面。

「浩浩，衣服放在這裡了啊！」

聽到丁浩應了一聲，這才去把丁浩的臥室收拾了一下。

天氣熱，窗戶一直都打開來通風，沒留下什麼味道。想了想，白斌又去把客廳裡帶來的東西歸類放好，把要給丁奶奶的茶葉和藥都放在客廳茶几上，其餘大部分都是他跟丁浩的，除了幾大包吃的拿去廚房了，其他的統統搬到丁浩的小臥室裡，幾乎放滿了半張床。

丁浩進來時，白斌的收拾差不多到了尾聲，正在把睡衣放進衣櫃裡。丁浩擦了擦頭髮，看著他忙碌並說：「白斌，我的成績單呢？」

白斌擺好了最後一件衣服，把空出來的背包疊好，一起放在床頭。

「放在客廳茶几上了，你不是說奶奶要看？」

丁浩喔了一聲，轉身去客廳。掛在外面的九官鳥一直歪著頭，等人出來跟牠玩，透過客廳的紗門看到丁浩後很高興，拍著翅膀叫喚兩聲。

丁浩大概看了一遍成績，英語真的進步滿大的。這死小孩好了傷疤忘了疼，又開始考慮起以後要不要再去找張陽補習……

門外的九官鳥叫了幾聲，丁浩沒理牠。白斌出來後，這小東西倒是不叫了，牠沒見過白斌，只是在籠子裡跳來跳去地看著。

白斌對牠很感興趣，拿出一包鳥糧餵牠，「浩浩，你通常都在什麼時候餵牠吃東西？」

丁浩咬著一顆青桃，也過去看了兩眼。九官鳥看見丁浩倒是很親熱，湊過來叫了幾句，「吃飯！浩浩吃飯！」

丁浩隔著籠子敲兩下，也笑了，「早晚各餵一次，今天早上牠不吃小米了，沒吃多少，現在餵也可以！」

九官鳥很高興，蹦來蹦去的，還在說新學的那兩句，「吃飯！吃飯！」

丁浩對牠吹吹口哨，用手指逗牠玩，「我是有多虐待你啊？還是怎麼樣？換一句恭喜發財！」

九官鳥不配合，反反覆覆地要求吃飯。

白斌拆開一袋鳥糧，拿出籠子裡的飼料杯，倒一半進去，「先試試這個合胃口嗎，豆豆？」

九官鳥用爪子踢了踢，歪著頭看白斌，覺得這真的是給牠吃的，這才湊過去啄了兩口。就這樣看看白斌就吃兩口，沒一會兒就吃完了。九官鳥似乎很滿意，小爪子抓著飼料杯不放手，抬頭拚命地看白斌。

白斌又倒了半杯給牠，將其餘的收起來，「看來還不錯，牠很喜歡。」

丁浩咬了一點青桃分牠吃。九官鳥也愛吃水果，但現在沒空看丁浩，吃飯皇帝大。

丁浩咬桃子的聲音很清脆，吃得很開心。白斌看到一人一鳥互相較勁地吃，很有趣，忍不住就笑了，「桃子好吃？」

這次來了個雙重奏，旁邊的小孩跟九官鳥一起抬頭看他，聲音都一樣，「好吃！」

丁奶奶沒料到白斌要來住這麼久，聽他說完就去收拾出丁浩隔壁的房間給他用。

「我還以為你來玩個一兩天就走了呢，本來想讓你跟浩浩擠，不過天氣熱，一個人住也比較涼快。」

老人完全是好心，白斌也領了這份情，謝謝丁奶奶，不過他的東西還是放在丁浩的房間裡沒動。

吃過晚飯，兩人陪丁奶奶去廣場轉了一圈。丁浩惦記著那張照片就帶在身上，想在路過李盛東家的時候送過去。

白斌想了想，沒有跟過去。

「我在這裡陪著奶奶吧，你送完後過來，我們一起回家。」

丁浩應了一聲，跑去送照片給李盛東。李盛東他媽見到丁浩很熱情，連忙招呼他過來吃西瓜，丁浩擺擺手，笑著謝謝她，「不用忙了，阿姨，我剛吃飽飯，出來消化呢！我有事要找李盛東，他在家嗎？」

「在在在，在房間裡呢，浩浩你自己去找吧！」

丁浩走進李盛東的臥室，跟白斌的不一樣，這是正常十六歲男孩的小天地，上頭貼著大幅球星海報，桌子上放著散亂的機械零件，似乎是摩托車用的。李盛東正蓋著毛巾在睡覺，屋裡的小電扇吹得嗡嗡作響。

丁浩過去拍了拍他，「醒醒！才幾點就睡啊？李盛東，你看看我帶了什麼好東西來給你。」

李盛東奮力睜開一隻眼，都布滿了血絲，從睡夢中突然被叫醒，他現在還很睏，「丁浩……你帶了什麼好片？」

丁浩一巴掌拍在他腦袋上，「好片子沒有，照片有一張！」

李盛東閉上眼睛繼續睡，嘴裡還嘟嘟囔囔的，「什麼照片啊……我快睏死了，你先讓我睡一會兒。」

丁浩抽出口袋裡的照片，放在他額頭上，「給你，丁旭他們班的畢業照。」

「丁旭他們班……」

李盛東一下子坐起來，這次兩隻眼都睜開了，拿下額頭上的照片盯著看，「丁旭他們班的畢業照！」

丁浩被他逗笑了，坐在床邊看他，「是啊，你上次跟我說過，我就讓張陽加洗了一張。」

李盛東打開燈，看到真的是丁旭班上的。他看見張陽了，一一數過去，果然也看見了丁旭，李盛東咧嘴笑了，「謝了啊，丁浩！」

他拿著那張照片，寶貝地收起來，「我光修那台破摩托車，都兩天沒闔眼了……」說完打了個呵欠，「不然早就去找你拿了！」

丁浩試著提點一下李盛東，「我說，你非得吊死在一棵樹上嗎？」

李盛東斜眼看他，「說什麼啊，丁小浩，你說誰要吊死啊？」

李盛東抬手勾著丁浩的脖子，稍微使勁就讓丁浩求饒了。

「我不是那個意思！噯，李盛東，你能不能不要只理解字面上的意思啊？你就不能想得有點深度嗎！！」

李盛東笑了，勾著丁浩的脖子揉他腦袋，「知道了。你要讀哪間高中？還是在那間學校直升？」

丁浩被他的蠻力弄到頭痛，推了兩把沒推開，「是啊，直升！你也想來？」

上輩子的李盛東高中沒讀完就跑了，後來跟著李爸下海做了點生意，混得還算不錯。

李盛東回答得跟丁浩想的差不多，「我爸停薪留職了，在鎮上弄了一間工廠，我會回來鎮上讀高中。反正也不是讀書的材料，還不如跟老頭學賺錢。」

丁浩問他：「廠房的許可下來了？在哪裡呢？」

李盛東也不瞞他，回答得很乾脆，「有兩塊地，一個是原本南邊的舊廠區，地方小，但是蓋得差不多了，修補一下就能直接用。還有一個是東院那邊，地方大，是新規劃的，聽說沒人要，價錢很便宜。我家老頭拿不定主意，應該會要舊廠區那塊吧。」

丁浩不太記得鎮裡的具體規畫，不過舊廠區是發展工業，東院是發展商業，明顯的低投資高報酬啊。丁浩琢磨著用詞，跟他建議，「東院那邊，明年說要動工建商業街，市裡正在忙招標的事。」

李盛東很聰明，立刻聽出來了，「你是說那邊有大動作？要是再建新區，都快跟市區連起來了。」

丁浩跟他打哈哈，「可不是嗎？現在都變成外環了。」

李盛東對這種事還是粗中有細，又問丁浩，「你是聽你爸說的？」

丁浩點了點頭，丁遠邊現在在市府祕書處混得還不錯，都會經手這種事，有的時候丁浩問，他也會透漏一些。

「李叔的專案是不是有政策扶持的？」

李盛東點了點頭，「有，批准了一個，進出口加工項目，走東南亞那邊。」

丁浩的眼都紅了，真的是想要什麼，什麼就往人家的口袋裡跑啊！這幾年，市裡想扶持自己的龍頭企業，地皮都是半賣半送的，到手了就是白花花的銀子啊！

丁浩很嫉妒李盛東，轉了轉眼睛，開始不想好事，「其實舊廠區也不錯……」

李盛東跟他熟得不能再熟，一巴掌就拍到他腦袋上，笑罵了幾句，「滾蛋！才說了幾句人話又開始使壞！我吃肉，你會喝不到湯嗎！」

丁浩不服氣，又還有點嫉妒這個即將要當暴發戶的人，立刻哼聲反駁，「憑什麼你吃肉我喝湯啊？我也要吃肉！」

「八字還沒一撇呢。」李盛東起來穿上一件T恤，還是睡覺時的那條短褲，不換一件就大咧咧地走出去了，好在是夏天，也不算奇怪。「我去跟我爸說一下，再找人打聽打聽。」

丁浩也站起來，一起走出門，「正好，我也去廣場看看我奶奶，差不多該回家了。」

「丁奶奶還在跳舞啊？哈哈，前兩天我媽也跟著在家裡扭呢，嘖嘖！」

李盛東他爸不在家，他乾脆先陪丁浩走到廣場。兩人聊了一整路，無非是最近的趣事。丁浩回憶了一遍自己的荒唐歲月，有點慶幸自己走上了正路。

李盛東倒也沒察覺出什麼，在他印象裡，丁浩就是他的哥兒們，跟丁浩胡吹海捧、互揭糗事都不在意。

兩人到了廣場，正準備要走就看見白斌了，這也不怪李盛東，主要是白斌太顯眼了。廣場上鋪的大理石很平滑，白天有小孩在這裡滑旱冰，晚上就是老人們會跳個團體舞什麼的，現在還放著一台大音響，一群人不分年老年幼，都湊在一起運動，圖個樂子。白斌站在一旁，周圍就自動讓出一圈，都沒人敢湊過去，因此人群裡單獨空出了一小塊。

白老爺子教育得當，白斌只是這樣站著，也比別人有氣度，更何況白斌長得本就不賴，現在站在那裡就像個固定發光體，分外引人注目。

李盛東看不下去，手插在口袋裡跟丁浩嘀咕，「白斌又來找你了啊？我說，你們走得還真近！」

丁浩也不否認，看著李盛東挑了挑眉，「不行？」

李盛東摸摸鼻子，「也不是不行……我就是覺得那個人看你的眼神不太對，噯，丁浩你別動！」李盛東伸手在丁浩腦袋上撥弄了幾下，丁浩很困惑，「怎麼了？頭上有東西啊？」

李盛東現在比丁浩高出一顆頭，按住他的腦袋來回撥弄幾下，嘴裡敷衍地說：「啊？對啊，有蟲子，我幫你弄下來，等等啊……」眼睛倒是朝白斌那邊瞟了一眼，果然，那個傢伙往這邊走過來了。

李盛東的眉頭皺起，白斌是不是太在意丁浩了？

白斌穿著一身休閒服，手臂上還掛著一件薄外套，看樣子是丁奶奶的。白斌抱著衣服，很自然地站在丁浩面前，不著痕跡地把丁浩往自己那邊帶，「頭髮上有東西？」說完，用自己沒拿衣服的手去幫丁浩弄了幾下，也把亂掉的頭髮順了一遍。

李盛東穿著短褲，拖著人字拖，看著白斌理所當然地護著丁浩的那副樣子，眉頭越皺越深。

丁浩被這兩個人抓了半天腦袋，現在也抬起頭來，自己抓了幾把。看起來對頭上的蟲子很忌諱，不敢使勁，「抓下來了沒？我怎麼覺得全身癢啊！」

李盛東噗哧一笑，「你怎麼還是這麼笨啊，丁小浩？剛才我是逗你玩的！」

丁浩對他翻了個白眼，「我信你？你這是存心要我把蟲子帶回去，睡不安穩！」弄了半天，渾身都毛起來了，丁浩忍不住揉揉手臂，他最討厭這種知道卻看不到的事。

「噯，白斌，我先回去沖澡了！我受不了這個！」

白斌點點頭，「那好，這邊還有十分鐘結束，我等奶奶一起回去。」把丁奶奶的鑰匙拿出來給丁浩，「帶來的衣服什麼的都在櫃子裡，你自己拿。」

李盛東在旁邊聽出端倪了，眼睛在白斌身上轉了兩圈，「丁浩，你帶白大少回來體驗生活嗎？」

丁浩不再多說，接過鑰匙就走，「是啊，我先回去了，改天再說！」

李盛東跟白斌也沒有什麼話好說的，往廣場上看了看，看見丁奶奶在前面跳得很開心就走了。

白斌倒是很客氣地跟他道了別，「再見。」

李盛東停下腳步，想了想又回過頭，看起來很是意外，他沒想到白斌會對他這麼客氣。不過這臭小子嘴賤，還真的接了白斌的話：

「也是，我早上跟丁浩約好要一起去玩了，丁浩去，估計白大少也會去吧？哈哈，可不是就『再見』了嗎？」

白斌沒什麼太大的反應，只是看了看手錶，還有三分鐘，丁奶奶就該走了。醫院的張醫生說過，適當的運動才有益健康，今天丁奶奶下午排練過一段時間，晚上應該適當減輕運動量。

◇

李盛東是真的來找丁浩去玩了，不過那傢伙信用不良，說是第二天再見，卻過了快一個星期才來。

李盛東來的時候已經中午了，正巧，丁奶奶剛切好西瓜，跟丁浩、白斌坐在院子裡乘涼、吃水果，連忙叫他過來吃幾塊。李盛東大概也是渴了，真的不客氣地連吃了半顆。

丁浩看他埋頭大吃，捧著自己的那塊，有點吃不下去了，「李盛東，你是剛起床，還沒吃飯吧？」

李盛東吐出嘴裡的西瓜籽，「只吃了幾塊槐花餅，沒吃飽。」他轉頭對丁奶奶露出討好的笑，「我睡太晚了，奶奶，您送到我們家的那些槐花餅就放在桌上，都被那些饞嘴猴偷吃得差不多了，我就嘗了一下，真好吃啊！」

丁浩看出來了，這傢伙是來這裡蹭飯的。不過，顯然丁奶奶很買這個嘴甜傢伙的單，立刻笑著幫他拿了剛做好的過來，煎得金黃，裡面的花骨朵也新鮮，透著一股甜絲絲的香氣。

丁奶奶對他很客氣，連連招呼道：「盛東啊，來來來，吃吧！」

李盛東擦了擦剛啃完西瓜的手，接過那一大盤槐花餅，還客套了幾句，「真不好意思，奶奶，您看您拿這麼多來……」吃的時候，完全沒見到這傢伙有不好意思的意思，一口半個。

丁浩著急了，這是他跟白斌早上現摘的槐花，丁奶奶忙了半天才弄好的，這勝利的果實他才剛享用了一頓，怎麼就掉進李盛東這狼崽子的嘴裡了！

丁浩吹了聲口哨喚九官鳥，指著李盛東逗牠，「豆豆，你的餅都被大個子吃光了！」

九官鳥立刻在籠子裡蹦了幾下，探出腦袋來看。

牠嘴裡還叼著一串新鮮的槐花，歪著腦袋看著吃得油光嘴亮的李盛東，覺得李盛東吃的跟牠吃的不一樣，人家的那個明顯比較好吃啊！

小傢伙叼著自己的槐花，在籠子裡蹦來蹦去，拚命地叫，「奶奶——奶奶——奶奶！」

這是在抗議不公平待遇。

丁奶奶被這兩個寶貝逗笑了，往丁浩嘴裡塞了塊西瓜。

「你還嫌豆豆不夠吵啊？別招惹牠了，牠這兩天學說話，學得我作夢都在念詩呢！」

白斌也笑了，「是，我昨天也夢見了，整個晚上都是鋤禾日當午！」

丁浩揉了揉太陽穴，「別說了，豆豆再想起來、念一個晚上，我們都不用睡了！這隻鳥怎麼這麼愛在晚上念詩詞啊！」

李盛東看了一眼九官鳥，覺得很稀奇，「牠又學到新的話了?還會念詩？」看見丁浩點頭，就拿著槐花餅去逗九官鳥，「念個鋤禾聽聽！」

九官鳥叼著槐花餅，歪著腦袋看李盛東手裡的餅。

「念得不錯就給你吃啊！」李盛東掰了一小塊，拿在手裡逗九官鳥，「鋤禾——」

九官鳥偷懶，立刻接了下半句，學的是丁奶奶的聲音，說話都拖著長長的尾音，「日當午——」

李盛東又拿著餅往籠子湊了湊，「汗滴——」

九官鳥伸嘴啄了兩下，發覺碰不到，有點不高興，聲音都學得有點跑調，「禾下土！」

李盛東高興了，「學得還滿像的呢!就是有點懶，繼續背啊，豆豆，誰知——」

李盛東還在逗鳥，鳥就不理他了，自己跳到籠子的另一邊，拚命地望著大門口的方向，眼神滿迫切的，嘴裡的槐花餅也不要了，忽閃著小翅膀，像在等著什麼人。

丁浩的嘴角抽了抽，「快來了吧？」

白斌看看手錶，「嗯，三點了。」

丁奶奶也是忍俊不禁的樣子，「還真準，時間到了！」

李盛東很疑惑，也抬頭去看大門口。

夏天鎮上的老院子都是大門敞開的，裡外都是一片綠，生機盎然的模樣。丁奶奶家門前更是種著一片月季，現在開得正旺，說不出口的好看。四個人看了一會兒，就聽見遠處傳來陣陣吆喝聲：

「有要——炒蠶豆的——不——」

聲音由遠到近，九官鳥高興極了，跟著在籠子裡跳。

「有要——炒蠶豆的——不——！」這聲音是發自內心想學的，一腔一調都跟喇叭裡一樣。

李盛東噗哧一笑，「噯，丁浩，你這隻鳥還真愛吃啊！哈哈哈！就這句學得最像，哈哈哈哈！」

丁浩不高興了，「李盛東，你怎麼這樣說話啊！你怎麼知道我不是故意教牠的？這是刺激天性，自學成才！」

外面賣炒蠶豆的老頭走近了，九官鳥在籠子裡開始喊「奶奶」。

丁奶奶被牠逗到不行，掏出錢，要去買炒蠶豆給牠吃，白斌連忙攔下來。

「您休息，我來就行。」

說完就起身，去門口幫九官鳥買了一小包炒蠶豆回來，捏了幾顆放在牠的小鼓杯裡，眼裡都是笑意，「來，吃吧！」

九官鳥跟白斌熟了，歡歡喜喜地吃豆子。

丁浩覺得臉都被九官鳥丟光了，以後再也不能偷懶把牠掛在門外，都學到了什麼啊！

丁奶奶倒是很喜歡九官鳥的活潑，還在誇獎，「跟浩浩真像！一學就會，真聰明！」

丁奶奶不經意地抖出丁浩的糗事：「浩浩，你小時候也愛學人家外面賣吃的吆喝呢，什麼『冰棒——兩毛——』啦，『爆米花——來喲』……」

白斌咳了一聲，忍不住還是笑了，李盛東那孫子更是笑得嗆到了。

「丁浩，什麼人養什麼鳥啊！哈哈哈哈！」

丁浩轉頭裝作沒聽見，這死小孩堅定地認為，他四歲半以前的回憶都不算數。

丁奶奶陪他們聊了一會兒，就去休息了。夏日午後容易犯睏，老人有小睡一下的習慣。白斌跟丁浩在外面陪李盛東，鎮上的樹木多，暑氣也不猛烈，還有微風吹來。

李盛東吃完了槐花餅，這才跟丁浩說明來意：

「那天不是說要帶你去玩嗎？今天天氣好，我們去釣魚吧？」看了看白斌，也樂呵呵地發出邀請，「白斌也一起去吧，那可是天然漁場，城裡都沒有這麼大的！」

白斌有點心動，這是不錯的休閒娛樂。天氣太熱，丁浩不願意出去打球，他正在煩惱沒事做呢，聽見李盛東這麼說就順勢問，「去哪裡釣魚？」

「前段時間不是規劃了一個溫泉度假村嗎？裡面有個釣魚的地方，還沒動工，不過放了滿多魚進去養著，我算一算，都差不多長大了。」李盛東摸了摸下巴，這傢伙不懷好意，都往別人身上打主意，「我知道有條路可以繞過去，就是有點遠。」

白斌點了點頭，「我去開車過來，遠一點也沒關係。」

丁浩也放下手裡的西瓜，一抹嘴巴就起來去收拾東西，「那我拿釣竿和魚餌去。」

這些東西是丁遠邊以前扔在這裡的，丁浩摸索著大概的位置，在儲藏室裡找了半天。

李盛東看到滿屋子亂七八糟的東西，連忙阻止丁浩，「丁小浩，你別找了，照你這樣翻箱底，找出來時天都黑了，我再幫你們拿兩根釣竿來，我家有好幾支呢。」

於是，李盛東出漁具、白斌開車，丁浩提了個小水桶就出發了。

新規劃的溫泉度假村的確很大氣，繞路進去，一眼就看見了那個畫出區域的漁場。丁浩繞著那邊走了幾步，眼睛瞇起來，「李盛東，你覺不覺得這裡特別眼熟啊？」

李盛東摸摸鼻子，「咳！丁浩，別那麼愛計較啊，不就是小時候把你們推下去過一次嗎！」

白斌也想起來了，這是當年李盛東把他跟丁浩推下去的地方。當年的小河被改了河道，一半成為了度假村的活水源，從一道拱橋流入，周圍綠蔭環繞，還真的很是愜意。

河裡的蘆葦雜草也被清理乾淨，看起來很是清澈。李盛東擺放好漁具，也不拿小椅子，直接半躺在一顆大石頭上，對丁浩努努嘴，「一人一邊啊，釣不到不許哭！」

丁浩把水桶放在地上，也對李盛東指了指，「釣到的魚都放到這裡面啊，我等等都拿回家去。李盛東你閉嘴！不許說話！想想你當年把我推下去的情景，我跟白斌都差點淹死了我跟你說！快點給我釣魚！」

李盛東被他說得直摸鼻子，嘟囔兩句：「急什麼，睡一覺起來就有了！」

說完就把帽子扣在腦袋上，遮住零星光點就開始睡覺，翹著二郎腿，一晃一晃。

白斌在自己的魚鉤上掛了素餌，對這邊的回憶倒也並非都是黑暗的，也找了一塊有樹蔭的地方坐下，甩出魚鉤，撐好釣竿，對丁浩招了招手：「過來。」

丁浩看到白斌的心情很好，也就貼著他甩好魚竿，坐在白斌旁邊等魚上鉤。他對這個不是很在行，但是也知道這玩意兒不能心急，打著呵欠，看釣竿的動靜。

白斌背後倚著一塊大石頭，看到丁浩打呵欠，乾脆讓他枕在自己肩上睡一會兒。

丁浩偷偷看了一眼李盛東，那孫子已經開始打呼了，他覺得兩個人靠著肩膀睡覺也沒什麼，就大大方方地靠著白斌的肩膀睡著了。

風吹得很舒服，丁浩睡得也很香甜，沒一會兒就從白斌的肩膀滑到胸膛上。他頭髮留得很碎，一層層灑落在額前，映襯著樹蔭下的光影斑駁，顯得格外白皙好看。

白斌看著那兩抹垂下的濃密睫毛，心裡癢癢的，低下頭去親他。丁浩微微張開的嘴唇似乎還有剛才啃過的青桃味道，白斌忍不住探舌頭進去嘗了一口，果然清甜可口。

李盛東的魚最先釣上來，魚竿一動他就坐起身，帽子掉在地上也不管，一手握著魚竿一手揉了一把臉，再睜開眼睛的時候全無睡意。

這裡養的魚沒被人釣過，咬餌咬得結結實實，李盛東的手放在魚竿上溜了一圈魚，眼神很凝重，不知道在想什麼。忽然間，猛然提竿一甩，一條巴掌寬的大魚就被他摔到岸上，跳了幾下就沒了力氣，在岸上一張一合地吐著氣泡。

丁浩被他這番動作嚇醒了，坐直了身子吼他，「李盛東，你要死啊！釣個魚火氣這麼大做什麼！」丁浩的腦袋直犯暈，突然從睡夢中被人以這種粗魯的方式叫醒，感覺真不好。

李盛東瞇著眼睛看看丁浩，又看看白斌，「沒事，就是告訴你我釣到魚了。丁小浩，你再不起來，魚都偷走魚餌了。」

白斌像沒聽見他說話一樣，很專心地看著自己的魚竿，「這邊也快上來了。」

丁浩還很迷糊，「上來什麼？」

白斌在他後背順了兩下，帶著笑安慰這隻睡眠不足又被吵醒的小貓。

「魚，晚上回去讓奶奶煮魚湯給你吃。」魚漂浮沉幾下後，果然掉了下去。丁浩看著起漣漪的地方，看樣子似乎是條大魚，「白斌，上鉤了，快拉起來！」

白斌顯然跟白老爺子學過如何釣魚，溜魚的手段比李盛東還豐富，魚漂上綁著的羽毛起落，使出巧勁，提竿一甩就把魚釣了上來，單從觀賞度而言，也比李盛東用蠻力摔上來的好看不少。

李盛東看了一眼白斌，白斌也看著他，難得地對他點了點頭，「釣魚的話，耐性比體力還重要。」白斌沒說蠻力已經很給李盛東面子了。

李盛東的臉色不太好，不知道順著這句話想到哪裡去了，看到丁浩歡呼著，抓起那條被釣上來的魚放進桶子裡。

白斌釣上來的魚還在活蹦亂跳，丁浩一個沒抓好就撲到地上了，再去抓，難免會濺到一些泥水。那邊原本就是小河堤沿，只是略微用青石修砌了一下，防止人摔倒滑進去，所以還是有泥土。

丁浩把兩條魚裝進桶裡，看到兩條魚貼著桶底的那點水、翻出白肚皮，想到衣服都已經沾到水了，乾脆穿著拖鞋走進河裡，多灌了一些水，讓魚痛快地游動。白斌在旁邊看到也不阻止，看丁浩快上來了才去車上拿乾毛巾。

就這麼一轉眼的功夫，回來就看見李盛東跟丁浩在河裡打起來了！丁浩顯然不是李盛東的對手，幾乎都快被李盛東按著腦袋，塞進水裡去了！

「……王八蛋李盛東！你是不是男人啊，沒有人惱羞成怒的！喜歡男人又怎麼……咕嘟咕嘟……」

李盛東揪著丁浩的衣領，把他拉出來，瞇起眼睛看他，「丁浩，你他媽就一點都不覺得有錯嗎？」

丁浩躲開他的眼神，底氣有點不足，「我不就是晚了一點才告訴你嗎？」

「去你的！」李盛東按著他，還要再往水裡塞，「你就一點都不覺得有錯！」

白斌攔住李盛東往下按的手，一拳就把他揍翻到水裡！

丁浩被白斌抱著扶起來，渾身都濕透了，抹了一把臉上的水，還嗆到咳個不停，可憐得像什麼一樣。白斌看得心頭一陣惱火，忍不住又抬頭去找李盛東。

李盛東從水裡站起來，也陰沉沉地看著白斌。就是從這個傢伙出現的那一天起，丁浩就變了，無論是搬家還是上學，或者交的朋友、玩的圈子，每一次都跟這傢伙有關，現在連喜歡上……都是跟這個傢伙有關！！

白斌冷冷地盯著李盛東，「我早就想揍你一頓了！」

李盛東呸地一聲吐出一口血水，三角眼往下垂著，「彼此彼此！我他媽也早就看你不爽了！」

丁浩被眼前的局勢弄傻了，連忙伸手抱住白斌，轉頭對李盛東吼，「李盛東你等等！我們的恩怨，你扯上白斌幹什麼！」

李盛東動了動嘴角，剛才白斌那一拳力氣不小，他嘴角都裂開了，一張開嘴就覺得痛。

「丁浩你閉嘴！沒有他，你會弄成現在這副熊樣？媽的，老子一看見你現在這副德行就火大！」

丁浩有點暈了，李盛東……不是在說他跟丁旭的事？

白斌把乾毛巾放在丁浩手裡，囑咐他：「去岸上等我。」

這位態度也不好，臉色都發青了。丁浩被他的臉色嚇到了，立刻執行，拿著毛巾跑到岸上去，上去後才發覺不對，這其中明顯有誤會啊！

丁浩把手放在嘴邊，對那兩個打架的人喊：

「李盛東你別打了！你剛才問我的那件事，可以再問一遍嗎？我覺得有點不對啊！」

李盛東略微晃神，臉上就被白斌招呼了一拳，鐵定瘀青了，對丁浩吡牙吼了一聲：

「丁浩你滾蛋！少跟我玩這套，還幫白斌！」

這傢伙被丁浩騙的次數多了，想都沒想就把丁浩的喊話當成把戲，是幫忙白斌的手段，心裡恨極了。丁浩你不爭氣，特別不爭氣！老子把你當成十幾年的好兄弟，你一轉身，竟然為了男人這樣對付我！

李盛東的火氣上來了，這次比上次看見丁旭跟黑小子在一起還氣！哪有自家兄弟像這樣胳膊往外彎的！

他下的手也就格外骯髒，左一拳右一拐子，丁浩看到都心驚。這混蛋太下流了！怎麼還用衣服蓋住別人的頭打！

白斌當然沒有吃虧，這種小伎倆他還看不上，基地裡比他陰險的人多得是！對付這種人只有一個對策——打！狠狠地朝臉上打！！

白斌一開始也沒打算下狠手，他知道丁浩平時跟李盛東關係很好，也知道丁浩為了他們的事，免不了會聽到李盛東說幾句，可是，一想起剛才丁浩被這個混蛋按在水裡就火大！又想到丁浩對李盛東的在乎，連很久以前的摩托車都回想起來……根本是新仇加舊恨……！

丁浩喊了這個又喊那個，兩個人都在水裡不上來，你一拳我一腳的。丁浩也不管了，他們什麼時候打完，就什麼時候上來吧……他這個小身板過去，可只有吃拳頭的份！

這死小孩放棄關注戰況，開始去尋找裝魚的小水桶。剛才被李盛東按在水裡收拾一頓，水桶好像掉進河裡了。

不遠處，河面上果然漂著一個塑膠桶，一浮一沉的，丁浩心想魚肯定沒了，要是連桶子都丟了就太不划算。他開始淌水過去拿水桶，水到一半就變深了，幸好這一身衣服早濕了，也不在乎再泡一下，丁浩乾脆游過去。

靠近後，拿過水桶一看——嘿！裡面竟然還有一條魚！一看就是李盛東釣的那條，半死不活地在那裡張著嘴。丁浩心裡小小安慰了一下，好歹花了一整個下午，還有戰利品不是？還在高興時，就出事了！

「哎喲——！！」

白斌跟李盛東嚇了一跳，回頭看去，丁浩在那裡像溺水了一樣，游幾下後往下沉一段，沉下去又趕緊撐起來，好不狼狽！

白斌也顧不得李盛東了，直接往丁浩那邊游過去！看起來沒多遠的地方，丁浩卻沉下去又自己浮上來三次。白斌急得要命，直到過去抱起小孩，一顆心才算回到原位。

「浩浩，浩浩……沒事了，沒事了……」

白斌摸了一下丁浩的身上，確定沒被什麼纏住手腳，還是忍不住在他額頭上親了一下。在這麼近的距離下，居然還讓丁浩發生這種事，白斌開始後悔剛才因為那麼一點情緒波動，就跟李盛東糾纏。

丁浩在他懷裡，臉有點發白，兩條腿跟僵住了一樣，一動也不動。

「痛痛痛！痛！！」白斌連聽到他小聲哼哼，都覺得小孩委屈又可憐，馬上帶他到岸上。

丁浩一坐到岸上就「哎喲」了一聲，像一條魚一樣翻了過去！趴在地上哼哼唧唧，差點都要哭了，「痛痛痛……痛死我了……」

李盛東心裡一驚，丁浩該不會是被水裡的什麼東西咬了吧？三步兩步湊過去，也要看一眼傷口。他身上被白斌揍得不輕，衣服又沾了水，等他湊近時，白斌已經一下子幫丁浩把褲子拉了回去。李盛東沒看到傷口，伸手就要扒下丁浩的褲子，「怎麼樣了？」

白斌的臉色很不好看，攔住他的手就幫丁浩扣好褲子鈕扣，連腰帶都沒幫他繫上，「我帶他去醫院。」

「傷到那裡了？要不要緊？」李盛東急了，但是也知道情況緊急，不敢攔著白斌。

而且白斌剛才的氣勢太嚇人了，李盛東不自覺地想躲開他的視線。

白斌小心地抱起丁浩，像在抱小孩一樣，也不敢托著他的屁股，半抱半扛著地走。他看也不看李盛東，顯然還在氣剛才自己意氣用事，白斌在心裡告誡自己，往後在任何時候都不能再犯這種低級錯誤。

李盛東跟在後面還在問：「到底是被什麼咬了？有沒有毒啊？」

剛才他是很氣丁浩，也看丁浩不順眼，但是丁浩好歹是他兄弟啊！比起丁浩的傷，之前那些算什麼啊！

丁浩聽到李盛東這麼問，心裡也開始害怕，他只覺得當時屁股上一疼，整條腿就像抽筋了一樣，不敢踢水了。他不知道是被什麼咬到了，如今聽到李盛東這麼問，也開始心慌。等到白斌把他放在後座上，讓他平趴下來，這才可憐巴巴地抬起頭來看白斌，他倒楣到家了，到底是被什麼咬了啊？

白斌板著一張臉，「仙人掌。」

丁浩傻了，李盛東也傻了，「仙人掌？！」

水裡怎麼會有仙人掌？答案當然是因為之前施工搬遷時，不知道是誰不小心把一盆仙人掌也扔進河裡，讓丁浩這個倒楣孩子游著游著，就一屁股蹭到了仙人掌。剛才在水裡會抽筋也是同樣的道理，這種仙人掌的刺沒毒，但是刺在肉裡格外地疼，丁浩只覺得自己是被什麼咬了之後抽筋，不敢踢水而差點溺水！

這次釣魚之行，三個人都不同程度地負了傷。其中以丁浩為最，這孩子是跑著出門，躺著回來的。

丁浩趴在白斌的車上，都要哭了，「白斌，痛痛痛……痛死我了！是誰啊，這麼缺德！怎麼還往河裡扔仙人掌！！」

◇

丁浩得知自己是被仙人掌紮到後，死活也不肯去醫務所。要脫下褲子讓人家看，這太丟人了……在河裡碰到什麼不好，怎麼就偏偏碰到了仙人掌？

白斌沒辦法，只能去買了鑷子、酒精及棉花棒，回來幫丁浩處理。丁奶奶看見這兩個人濕漉漉地回來，丁浩還一瘸一拐，哼哼唧唧地，一副要哭了的模樣，嚇到從客廳跑出來，「這是怎麼了？才出去這麼一下子，怎麼就都像泥猴子一樣了？」

丁浩更委屈了，「奶奶，您別問了，我們是被李盛東欺負了！」這死小孩一邊喊著別問一邊告狀，把過錯全推到了李盛東身上。

丁奶奶只當他們是小孩子在鬧彆扭，這年紀打架是常有的事，哪家的男孩不出去惹事才不正常呢！再說了，丁浩從小跟李盛東打架，沒過幾天就會自己和好了，這都成了定律。丁奶奶也不多問，只是關心地問白斌有沒有受傷，丁浩的腿是怎麼了？

丁浩捂著屁股，一小步一小步地往裡面挪：「奶奶，我是在河裡被那什麼紮了一下，白斌幫我處理一下就好了……」

白斌扶著他，也怕老人著急，跟丁奶奶小聲解釋，「他是被仙人掌刺到了。」

丁奶奶聽到後更是一步一步地跟著，在圍裙上擦了擦手就去看丁浩，「刺到哪裡了？得趕緊挑出來啊！」

丁浩捂著後面不讓丁奶奶看，還有點不好意思了，「奶奶！我紮到的地方不好，在……在屁股上。」

丁奶奶生氣了，「屁股上也得挑出來！快，脫下一身髒衣服，去洗一洗，奶奶趕快幫你挑出來！」

白斌身上也髒了，正好拿了兩人的衣服一起進去洗澡。洗澡的過程很曲折，丁浩不能站不能坐的，白斌只能自己先坐在浴缸裡，然後讓丁浩趴在自己身上。

抹香皂的時候更是膽戰心驚，丁浩的皮膚本來就滑，沾上香皂泡泡，更是貼著白斌蹭來蹭去的，稍微不注意，碰著尾椎骨以下的地方就抱著白斌的脖子喊疼，拚命地往上躲。

白斌被這甜蜜的折磨弄到差點擦槍走火，乾脆扔掉浴巾，抱著丁浩的腰讓他別動，找到丁浩的嘴巴，垂眼就要親上去……

砰砰砰——

門外傳來一連串的敲門聲，接著是丁奶奶焦急的聲音：「白斌啊！浩浩他傷得嚴不嚴重啊？好洗嗎？你幫他沖一下就快點出來，奶奶這邊針都準備好了！」

丁浩推開白斌，微微揚起頭來對門口喊了一聲，「奶奶！我快好了！馬上就出來！」

白斌也聽見丁奶奶說話了，貼著小壞蛋的嘴巴輕輕咬了一口，卻又嘆了口氣，「又要受苦了吧，活該。」

丁浩跟白斌貼在一起，動了動，嘴巴貼在白斌的唇角上留下一串輕吻，嘴裡的話卻說得不含糊，「都怪你，沒看好我……」還得意起來了。

白斌被他撩得有點動情，但是想到丁浩屁股上的刺，在他尾椎骨上按了一下——果然，小孩立刻又喊痛，這次連眼淚都掉下來了。白斌又氣又笑，「自己都痛成這樣了還要惹我！我幫你擦擦就出去吧，奶奶那裡還有一針等著你呢。」

白斌收拾好自己，又拿大浴巾幫丁浩擦乾淨，只幫他在外面套了一件睡衣，褲子也不給他穿了，拿乾淨的浴巾把他裹好，抱著就出去了。

丁奶奶在丁浩房間裡準備好了東西，用酒精擦了針又用火烤一下，這才舉著針湊近了丁浩，「浩浩，忍著點啊！」

丁浩被丁奶奶手裡的長粗銀針嚇得一顫，爬起來就要往前跑，「奶奶！您別拿這個啊！您換一個，用這個幫牛挑刺，牛都嫌痛啊！」

丁奶奶讓白斌把他按著，把蓋在身上的毛巾掀開。那小屁股上已經青紫了一片，用手一按就能感覺到丁浩在底下痛得顫了一下。

丁奶奶舉著針下不了手，丁浩的屁股上明顯硬硬的，腫了一大塊，看起來至少被三四根仙人掌刺刺到了，必須抓緊時間弄出來，不然發炎感染就難受了。但是，只用手指擠壓傷處就聽到丁浩咧著嘴喊痛，「奶奶，輕一點輕一點……真的很痛啊！」

丁奶奶咬著牙，狠心把外面的硬刺挑出來，就這麼兩下子，丁浩背上就冒出了大汗，痛得拚命咬枕頭。

天色有點暗了，丁奶奶開燈去找斷在肉裡的小碎刺。丁浩的屁股一被摸到還是會喊痛，這就表示沒挑乾淨啊。

丁奶奶看到丁浩可憐的模樣，差點一起掉淚。

「我可憐的浩浩啊，誰這麼缺德啊？怎麼也把仙人掌扔進河裡……」不愧是嫡親的祖孫倆，說這番話的哀怨語氣像是從同個模子刻出來的。

丁奶奶小心地摸索尋找，但是被紮到的地方實在太深了，挑了半天也不見成果，倒是丁浩痛到流了滿頭冷汗，臉都白了。

白斌實在看不下去了，他覺得丁奶奶下手太溫和了，這樣邊擠邊找碎刺，比用挑的還痛啊。他伸手接過丁奶奶手裡的針，「我來吧。」

丁奶奶也捨不得下手，老人看到孫子痛，覺得比自己被紮了還痛，聽到白斌這麼說就趕緊把針給他。

「正好，你們年輕人眼力好，你先挑，我去幫你們做飯！」丁奶奶起身去廚房，出門前又回頭跟白斌囑咐了一句，「白斌啊，你要幫他挑乾淨喔！」老人大概是看白斌平時比自己還疼丁浩，生怕他跟自己一樣，下不了狠手。

白斌跟丁奶奶點頭保證，「我知道，您放心吧。」

丁奶奶一走，丁浩就開始裝可憐，含著眼淚、拉著白斌的手臂求他：「白斌，我明天再繼續可以嗎？」這太痛了，而且還是半個無期徒刑——誰知道裡面有多少碎刺啊！一下下的沒完沒了，丁浩痛到撐不住了。

白斌小心地把他抱在懷裡，低頭親了一口，「忍一下，馬上就好了。」

丁浩的眼淚一下就掉下來了，這樣說了就跟沒說一樣啊。

白斌下手比丁奶奶狠多了，直接用指甲剪把那塊最嚴重的表皮夾掉，那裡已經青紫到看不到刺了，留著反而礙事，又用鑷子把瘀血清了清，這才用針去挑。

丁浩趴在他腿上痛得直冒汗，嗚嗚地喊痛，挑到最後還有一小截白色的刺留在屁股上，但太細小了，弄了好幾次，白斌都覺得自己的腿被丁浩的汗打濕了。

白斌心裡揪了一把，放下手裡的鑷子和針，把小孩一把抱到自己懷裡好好安慰一遍，「好了，不挑了。」

丁浩的睫毛都濕了，長長的一縷被淚沾黏在一起，鼻子也有一點泛紅，還咬著牙問，「都……都挑乾淨了？」

白斌搖了搖頭，「還有一根……」

丁浩的身子頓時軟了，眼淚差點又嚇出來，白斌趕緊在他眼睛上親了又親。

「沒事，就留在裡面吧，不挑了。很小的一根，你晚上睡覺時別壓到。」

白斌覺得就這麼一下子，自己的後背也出了汗。他摸了摸丁浩的腦袋後說：「如果明天還會痛再去醫院，我先去拿一條濕毛巾給你擦擦？」

丁浩點了點頭，聽到不再挑刺才鬆了口氣，無精打采地趴在床上瞇著眼睛休息，屁股上現在還是有酒精引起的火辣疼痛感，一抽一抽地疼。

這一閉眼就睡到了晚上，晚飯也沒吃多少，在床上被白斌餵了半碗粥，又閉上眼睡覺。

但這次怎麼樣也睡不著了，他歪頭去看白斌，「你不出去走走？」整天待在房間裡多悶啊。

白斌搖了搖頭，「我陪你。」

丁浩聽到小院子裡沒有動靜，又問他，「奶奶呢？」

「去老家那邊了，說要去拿點東西回來。」

白斌把房間裡的燈關了。小鎮的環境好，夏天晚上開窗通風就夠涼了，不過要關燈，樹木多了，蚊蟲也多。忙完後也斜倚在床上陪丁浩，有一搭沒一搭地跟他聊天，「還痛不痛？」

丁浩唔了一聲，似乎又想起那不美好的回憶，皺著眉頭嘟囔，「本來不痛了，被你一說又想起來了。」

白斌笑了，把丁浩抱起來摟在懷裡，丁浩嘟囔了一聲熱，但也沒有怎麼阻止。白斌大概就只有這麼一個愛好，丁浩作為被抱來抱去的人形抱枕，十幾年下來也習慣了。

白斌似乎又洗了澡，身上是好聞的檸檬香味，跟丁浩是用同個牌子，但是聞起來卻更舒服，丁浩忍不住湊到他胸口蹭了蹭。

白斌的手放在他背上上下撫弄，並問：「浩浩，你今天怎麼跟李盛東打起來了？」

第三章　再遇故人

丁浩挪了個舒服一點的姿勢，仰起頭來跟白斌說話，語氣還是憤憤不平：「別提了，總共就三句話，我都不知道他是在發什麼瘋！」

白斌的手還放在他腰上，低頭看他，「哪三句？」

丁浩掰著手指數給他聽：

「第一句，他很擔心地問我，說『不小心喜歡上男人怎麼辦？』我以為他八成是看出丁旭是男的了，所以就安慰他說『這沒什麼大不了的，兩個男的也照樣能在一起』。然後他又問了第二句，看起來有點急了，說『男人跟男人在一起不大對吧？』我看他的意思像是看不起丁旭，就好像人家是男的，他就不喜歡了，我就罵他是不是男人啊，這有什麼……」

白斌想起來了，他剛從車子那邊回來的時候，有聽到丁浩喊了這麼一句，接著就被李盛東按進水裡了。白斌抱著丁浩的手收緊了一些，眉毛都擰成一團，他從來沒讓丁浩受過這麼大的委屈，李盛東這次做得有點太過火了。

丁浩還在老老實實地數第三句，「最後他就問我『你一點都不覺得有錯？』。你知道，我一直覺得一開始沒告訴李盛東丁旭是男的，滿後悔的，就跟他服軟，說我有點晚才告訴他，之後還沒再說話，你們就打起來了……」

丁浩伸手摟著白斌的脖子，仰起頭來問他：「嗳，白斌，李盛東問的其實不是丁旭的事吧？他其實是問……我吧？」

白斌點了點頭，丁浩這次確實想太多了，李盛東還真的沒想到丁旭那裡，完全是看到他們兩個不對勁。

丁浩頓時換上一副咬牙切齒的表情，「烏龜王八李盛東！老子喜歡誰要他管！早知道他問的不是丁旭那件事，打死我也不跟他道歉！哼！！」

白斌眨了眨眼，捏著丁浩的下巴，讓他看著自己，眼睛裡滿是笑意，「浩浩，再說一遍。」

丁浩也眨了眨眼，「烏龜王八……」

白斌捏著他的下巴不放，「不是這句。」

「……」小孩轉過頭去，不說話了。

白斌看他紅了臉，眼裡的笑意越來越明顯，忍不住在他臉上親了一口，「再說一次，我喜歡聽。」

丁浩的臉上有點發燙，用額頭撞了白斌的一下，有點氣勢洶洶地說：「喜歡什麼啊！我才不……」

話還沒說完就被白斌堵住了嘴巴，小舌頭被咬住，吸了又吸，白斌替他說出了那句話。

「我喜歡你。」

明明早就知道了，但聽到白斌說出來的時候，心跳還是快了幾拍，一陣發慌。耳邊是白斌不停地說著喜歡的聲音，氣息也越來越親密，就連伸進衣服裡的手都沒有力氣阻擋。

「浩浩，我喜歡你。」

那個人還在說著，一句比一句認真，一句比一句開心。

丁浩聽著，忽然不忍心拒絕了，他等了這麼多年，等的就是這句話吧？很久以前他就發誓過，當白斌再說出這句話的時候，一定要讓他幸福，不是嗎？

丁浩吸了一口氣，伸手抱住白斌的脖子，嘴巴主動迎上他的，「我也是，最喜歡你了，白斌！」這話說得太響亮，反而像在喊口號，也不怎麼害羞了。

丁浩忍不住又喊了一遍，白斌噗哧一聲笑出來，「那我們現在算是告白成功了？」

丁浩點了點頭，「對，成功了，以後記得把你的存摺密碼都改成我的生日啊。」

白斌在他鼻子上咬了一口，滿眼的寵溺跟滿意，「好，回去就改。」不過，現在他想收一點利息。

白斌小心地繞過丁浩屁股上的傷口，在沒受傷的地方揉捏著。丁浩被他弄得措手不及，但是這個時候又不適合推開他，想了想，還是放鬆下來，任由那個人上下摸索。反正他現在這副慘模，白斌也做不了什麼，不如隨他高興。而且白斌說的那句話真的很打動人心，喜歡什麼的，果然只有聽到想聽的人說出來才有感覺。

並不是因為「我喜歡你」這句話而高興，是因為，我們同樣懷著喜歡的心情，所以在得到彼此肯定的答覆後，才會這麼高興吧？

只是那麼簡單的一句話，說出來，感覺就像確立了某種關係，再親吻也變得有些不同，哪怕是最簡單的碰觸也格外甜蜜。

白斌這次吻得小心翼翼，彷彿受傷的是丁浩的嘴巴，小心地親著，試探地加深這個吻，連放在丁浩衣服裡的手也火熱起來。動作很小，卻一點一點地不斷揉捏他的身體。

他真的越來越喜歡這種感覺了。結束這個吻，白斌的眼睛還是亮亮的，看著丁浩一眨也不眨，抵著他的額頭蹭了又蹭，捨不得離開。

「白斌，你閉上眼睛。」

丁浩吸了一口氣，把他推倒，就著趴在白斌身上的姿勢慢慢挪到下面，一直到白斌的兩腿之間，一邊扯開他的腰帶，一邊凶巴巴地說：「閉上眼啊，不許看！」

房間裡早就關了燈，只有窗外的一點光亮照進來，但是依舊暗得看不清長相。房間裡隱約響起布料摩擦的聲音，一邊擔心會被人發現，一邊隱隱地期待著什麼，這種感覺讓心跳都快了幾分。

被丁浩吞進去含住的時候，那熾熱的感覺太強烈，還是讓白斌忍不住微微撐著身子坐了起來，他有點不捨地摸摸丁浩的腦袋。小孩很努力地吞吐著，濕熱的口腔、柔軟但充滿韌性的舌頭、每次吞咽都縮得緊緊的嘴巴，連偶爾不小心碰到的牙齒都讓白斌覺得很舒服。

他努力集中精力，去享受這一刻。

白斌的小腹極力地繃緊，光是知道丁浩正含著自己的，都忍不住要噴湧而出，更別提那種舒服到骨子裡的暢快。

丁浩的手也在不安分地協助幫忙，順著腰線摸到腹肌上。那雙手像是有魔力，只是簡單的摸索，就讓白斌一陣躁動。

小腹跳動了幾下，還是忍了下來，白斌深吸了口氣，把丁浩的腦袋微微往下壓，「又淘氣，這樣……還不夠你忙嗎？」

白斌的聲音有些沙啞，但語調還是一如平時的溫和，只是動作有些欺負人，頂著丁浩的嘴巴抽動了一下，忍不住又吸了一口氣。

「浩浩，別咬，含住它，慢慢地舔……唔、對，就是這樣……」

白斌覺得自己都快融化在丁浩的口腔裡了，那個既熱又緊的地方，讓白斌忍不住眼底暗了幾分，腰腹跟隨著丁浩的動作慢慢起伏，做著小幅度的抽插，動得慢，卻也十分享受。

「好舒服，浩浩真厲害……舌頭再動一下，對，抵著前面……」

丁浩依照他說的，舌尖在頂端舔舐著，每次深入進去都狠狠地刮過頂端，這火辣辣的刺激讓白斌的動作忍不住有點粗魯。丁浩被他的頂到喉嚨，眼淚都湧了出來，嘴巴裡卻塞得滿滿的，說不出話來，只能發出悶悶的聲音抗議，「唔！！」

白斌小聲地跟他道歉，動作卻不見和緩。丁浩被他這幾下頂到深處，確實不好受，再加上嘴巴、舌頭伺候了半天，都累到有些僵硬了，丁浩起了壞心思，將手伸到下面，握住囊袋揉搓——

結果只是更慘。白斌被他摸到有點控制不住力道，更往深處頂撞，讓丁浩被迫做了幾次深喉嚨。

白斌的粗大進進出出，摩擦到他的嘴巴都要腫起來了，最後更被頂住喉嚨，接受了飛濺而出的熱液！

白斌的小兄弟消下去，從丁浩的嘴巴裡退了出去，丁浩這才有辦法把嘴巴裡殘留的液體咳出來，聲音裡都帶著委屈，「白斌，你怎麼不說一聲啊！」

他以前只被人用嘴巴做過，還是第一次做這種伺候人的工作，更是有生以來第一次吃這個東西啊！

白斌把他抱到胸前，丁浩還來不及推拒就被白斌吻住了嘴巴，唇舌糾纏，極具纏綿的一個吻讓他僅有的一絲抱怨都煙消雲散。

丁浩把手撐在白斌胸前，覺得那一顆心跳得比平時快了不少，他吞了吞口水，問的卻是另一句：「白斌，你不是有潔癖嗎？也不嫌髒……」

白斌又在他唇角親了一口，「不髒，浩浩哪裡都乾淨。」

丁浩從不吃虧，立刻白了他一眼，戳著他肩膀問：「喂！誰說我髒了，我吃的明明是你那裡的東西……」

白斌聽到他這麼說，只覺得唇角止不住地想上揚，湊過去又親了親他的耳朵、臉頰，最後落在丁浩的唇上，彷彿只有這樣才能表達出他今晚的喜悅之情。

丁浩看到白斌笑到眼睛都彎起來，覺得這個人是被伺候得很爽。也許，白斌的潔癖是針對他們兩個以外的人吧？丁浩想到這點也笑了，任由他高興地親個不停。

「等一下要記得幫我洗漱啊。」

「好。」

「那你現在揹我過去吧？」

「好。」

「奶奶快回來了，你別玩了！」

「好。」

「好個頭啊，白斌！你有完沒完！！別親啦！！」

◇

在家治療的第二天，丁浩的屁股就好得差不多了，最後那根沒挑出來的刺不知道什麼原因，竟然自己不見了，反正也沒發炎。

白斌在上面捏了捏，問他：「痛嗎？」

丁浩搖了搖頭。

白斌有點遲疑，但還是宣布痊癒的消息，「應該是好了。」

丁浩為此很高興，可是看到丁奶奶從老家移來的那顆仙人掌，又渾身不自在。丁浩覺得屁股又開始痛了，「奶奶，您大老遠地把它弄來幹嘛？」

「這個啊，是從李奶奶那裡要來的偏方。」丁奶奶戴著厚手套，切下最肥厚的那片仙人掌，把刺連同外面那層硬皮切乾淨，只剩下綠色的仙人掌肉，搗碎了就要幫丁浩抹上。丁浩嚇得提著褲子不停閃躲，「奶奶！您不會要把這些綠糊抹到我屁股上吧？我我、我不要！」

丁奶奶在後面追他，拚命地勸：「浩浩聽話，給你敷一點這個，說是好得快。」

丁浩也顧不得傷還沒完全好，直接從沙發上翻過去，光著腳就往房間跑。

「不要不要！您這是封建迷信，這不科學啊，奶奶，您別幫我抹那個！」

白斌打開門就看見丁浩往裡面衝，丁奶奶也捧著一個小碗追進來，滿固執地說：「不行，必須抹！這是多少年的老方法了，以毒攻毒！」

丁浩直接跳到床上去，拉著白斌擋在前面，一邊躲丁奶奶手裡的小碗，一邊求援：

「白斌，救命啊！」

白斌背後像揹了一隻無尾熊，也站在那裡動不了，乾脆接過丁奶奶手裡的小碗說：「我來幫他上藥。」

手肘在後面輕輕撞了一下丁浩，後面那個死小孩立刻心領神會地開始哇哇叫：「白斌，你這個叛徒！你不關心同學，你有負人民群眾對你的期望……」

丁奶奶很信任白斌，放心地把上藥的任務交給他，「白斌，你一定要幫浩浩抹藥，我去把外面那些切好，放到冰箱裡。嗳，浩浩，不許光著腳下來跑啊，萬一地上再有什麼，被刺到怎麼辦？」囑咐了丁浩，最後出去的時候還體貼地幫他們關上了門。

丁浩看著白斌把那碗糊狀的東西放到桌子上，還沒鬆一口氣就聽見白斌跟他說：「浩浩，把褲子脫下來，抹藥。」

丁浩不幹。

「那個抹了也沒用，你別跟奶奶一起欺負人……」白斌從抽屜裡拿出一管藥膏，在丁浩面前晃了晃，「抹這個。」

丁浩接過去看，是消炎用的，因此半信半疑地趴下去，老實地讓白斌抹藥，一邊脫褲子還一邊嘟囔：「你什麼時候買的啊，我怎麼不知道？」

白斌幫他把褲子退到膝蓋處，擠了一些藥膏到手上，慢慢地在傷口上塗抹均勻。

「早上你還沒起來，我陪奶奶出去買早點，順便在醫務所買的。」

丁浩喔了一聲，這東西比仙人掌糊容易接受得多，他老實地趴在那裡讓白斌上藥。

他一直看不見傷口，就趴著問白斌：「還很腫嗎？我昨天晚上不小心翻身壓到了，好像也不怎麼痛了……」

白斌嗯了一聲，「好多了。」

丁浩屁股上的傷口像是被貓抓了幾下，有一道道紅痕，只有靠近臀縫的地方比較嚴重，有一小塊地方的皮昨天被白斌剪掉了，結了血痂。白斌小心地按在上面，問他，「這裡還會痛嗎？」

丁浩搖搖頭，「不痛了。」

白斌又輕輕按了其他幾個地方，確定沒有發炎，才幫他把褲子穿回去，低頭在小孩臉上親了一口，「好了，過幾天就活蹦亂跳了。」

想到剛才丁浩進來的模樣，白斌又笑了，他的浩浩現在也是活蹦亂跳的。

在丁浩養傷的期間，白露來訪。

小女生來的目的很直接，是來找她哥的，從進門就盯著白斌，沒移開過視線。

白露的脾氣直，丁奶奶跟這個爽朗的小女生很合得來，特地去外面挑了香瓜給她吃。這種水果俗稱為糖罐子，又脆又多汁，咬一口就甜到心裡去。白斌要跟去幫忙，被丁奶奶攔下來。

「你妹妹大老遠地跑過來，你快陪她說說話，就這麼幾步路的事，不用全家人都來。」

丁浩剛上了藥，趴在沙發上看電視，看見白露來了，連忙招呼她，「白露，坐啊！」

白露看到沙發被丁浩占去了一半，她哥都被擠到旁邊靠著丁浩的腳了，心裡氣得，「坐哪裡啊？你一個人就快把客廳占滿了！」

丁浩被她說習慣了，一點都不覺得哪裡不對，還在客氣，指揮白斌拿水果給白露，「那青桃滿好吃的，白露妳吃吃看？」

小女生徹底氣憤了，丁浩怎麼還好意思使喚她哥！平時有多少人想小心伺候都來不及，到了老丁家，也好歹算是客人，怎麼就這樣對待客人？丁奶奶出去挑香瓜了，不在，白露抓緊時間跟他不客氣，進來就嗆他：

「丁浩，你是受傷了不能動還是怎樣？」

丁浩眨了眨眼睛，「是啊。」

白露被他噎了一下，上下打量著丁浩，這孩子一段時間沒見，養得臉色紅潤，實在不像傷患，「你傷到哪裡了？」

丁浩傷的地方不雅，也不方便跟她說，「唔，胃、胃不太舒服……」

胃病是常見疾病，有大有小，而且病況突然，好起來也快，有什麼事想蹺課、請假不上班的，統統請胃病準沒錯。

白露則笑了，「我也覺得是胃。丁浩，我之前一直覺得，按理說，叔叔阿姨絕對是百萬富翁的命，但是偏偏就遇到了你，就你那個胃口，他們是活生生被你吃窮了！」

正巧，丁奶奶端著一盤洗好的香瓜進來，聽見這句話也笑了。

「對，我前幾年也這麼說呢！」丁奶奶看到門口的司機走了，猜想白露也要在這裡住幾天，拉著小女生的手問她：「妳也要住在這裡？奶奶去幫妳收拾個房間吧？」

白露對長輩很有禮貌，連忙說不用，「謝謝丁奶奶，司機叔叔下午會再來接我。」

丁奶奶看到白露長得漂亮，又乖巧，越看越喜歡，拉著她的手上下打量，笑著問丁浩：「浩浩，你看，這像不像你小時候喜歡的畫片上的娃娃？多好看啊！」

丁浩啃著香瓜，差點嗆到，咳了幾聲才抬頭，「奶奶，那都是我多大的時候說的啊？早就忘了！」

丁奶奶應了一聲，轉頭提醒他：

「就是你媽媽第一次出去讀書的時候啊！你非要洋娃娃，買了畫片還不行，還吵著買了個洋娃娃。喏，就跟白露一樣啊，大眼睛、長睫毛，小嘴粉嫩嫩的，嘖嘖，真像啊，那時候你吃飯睡覺都不放手呢！因為這樣，還被隔壁的李盛東笑，還打了一架……你都忘啦？」

丁浩抱著半顆香瓜啃，恨不得把臉埋在裡面，「忘了！」

丁奶奶感嘆幾句，又跟白露說了一會兒，看時間到了才出門找她那幫老姊妹。

丁奶奶一走，白露立刻坐得離丁浩遠遠的。她摸了摸手臂上起的雞皮疙瘩，一臉鄙夷地看著半躺在沙發上啃香瓜的人：「丁浩，你還喜歡這種的啊？」

小女生重新順了一遍丁浩跟他哥以及她相遇的片段，越想越覺得丁浩這是有預謀、有計畫、有目的啊！

「才幾歲大的孩子，你心機怎麼這麼重啊！」白露嘆息。

丁浩這次真的被香瓜嗆到了，脖子和臉都咳紅了，「白露妳……」妳夠了啊！

他當初是特別喜歡長得白淨、漂亮，像洋娃娃一樣的小女生，可是那都是多少年前的事了……誰、誰沒有童年啊！白露，妳需要這樣連損帶踩的嗎？

丁浩腹誹半天，還沒說出來，白露就轉移了談話對象，「哥，我一放假就去找你，你怎麼老是不在啊！」還是她聰明，好幾次都找不到白斌，問了吳阿姨才知道他來丁浩這裡了。

白斌正在用毛巾幫丁浩擦臉，順便回答：「我之前跟家裡打了招呼，要到這邊過暑假，爺爺沒跟妳說？」

白露搖搖頭，這次有點不好意思了。她放假又上了一陣子補習班，沒事就往白斌那裡跑，還來不及去看白爺爺呢。

丁浩伸手接過毛巾要自己擦，白斌不讓，往後面看了看就笑了，「忘記你的傷了？」

丁浩默默地縮回手。他後面上了藥，不能動，一動，藥就都抹到褲子上了，後果就是被白斌扛回去，再抹一遍藥膏。當著白露的面，丁浩丟不起這個臉，只能仰起頭乖乖地讓白斌擦乾淨，嘴裡忍不住嘟囔了一句，「我不是快好了嗎……」

小女生吃了塊香瓜，又拿著青桃啃了一口，聽見丁浩這麼說就說一句湊熱鬧：「丁浩，你的胃得好好休養，別把我哥也吃窮了啊！」

丁浩把手擦乾淨，繼續按著遙控器跟她吵，「我又沒吃妳家的。嗳，你說，」丁浩用腳拱了拱白斌，「我能把你吃窮嗎？」

白斌拿刀子切了一瓣青桃，塞到丁浩嘴巴裡，也笑了，「養一個還是養得起的。」

白露啃著桃子，覺得不是那麼好吃了，看到丁浩趴在沙發上讓她哥餵，一個人遞過去，一個人張嘴的，動作都很熟練。小女生覺得丁浩把她哥帶得越來越歪了，這個暑假差點沒見到面，如今她來了，又看見兩人好得像什麼一樣，心裡一陣泛酸，「哥，你什麼時候回家啊？」

白斌低頭繼續切桃子，把桃核去掉，「還得再過一段時間，怎麼了？」

白露低頭不說話了，白斌把手裡的桃子遞過去，「再吃一個吧？」

白露沒想到是要給自己的，拿過來的時候還有點發愣，「給我吃？」

丁浩笑了，「是啊，我們都吃好多了，這些給妳吃，吃不完帶回去！都是自己家種的，比外面買的好吃。」

白露吃著她哥親手切的桃子，覺得丁浩也沒有那麼礙眼了，仔細看還是滿可愛的，大方地接受了他的好意，「好！等等我都帶回去！不過，哥，明天你陪我出去一趟吧？」

白斌有些疑惑，白露平時不是愛玩的孩子，就算要出門，白露她爸也是能跟就跟，寶貝得跟什麼一樣。這次來找他，估計是大人不讓她去的地方。

「去哪裡？」

白露的眼睛亮晶晶的，「哥，我想去S市，老師帶我們排練了一個舞蹈，可以參加S市的比賽，但是要有家長簽字才能去。我媽說參加完補習班就讓我去，可是我上完了課，她又不幫我簽字了。哥，你幫我簽吧？」

白斌又問了一下具體情況，「你們是一起去還是自己去？」

白露很老實，把知道的都說出來：「自己去自己回，大家時間都不固定，老師沒辦法租車，不過她家就在S市，去了可以住在老師家！」

丁浩在旁邊也聽懂了。這是老師私下組織的，得不得獎，家長們不關心，主要還是擔心孩子的安全。這麼小，自己去自己回的，誰放心啊？也難怪白露她媽會騙她，不幫她簽字。

白斌也懂姑姑的意思，但是看到白露眼巴巴的模樣，還是有點心軟，「這樣吧，我打通電話給姑姑，再問問看。」

白露滿心的希望都寄託在白斌手裡的電話上，目送著她哥出去外面的小院子打電話。丁浩趁機教育她，「白露，比賽也不是每個都要參加，做人不要功利心太強，妳現在還年輕，要好好學習知道嗎……」

白露撇了撇嘴角，「丁浩，你在損我吧？」

丁浩立刻搖頭，「我只是以一個過來人的角度幫妳分析一下。」說沒兩句正經話，又開始對白露眨眼，「噯，我說白露，妳去S市，主要是想去那裡玩對吧？」

白露移開了視線，「誰說的啊，我是去比賽，為學校爭光！」咳了一聲，又嘟囔，「而且老師說了，要是能拿獎，來回的開銷都能報銷。又能玩又有錢拿，多好啊，但是我媽就不讓我去……」

丁浩安慰小女生，「我理解阿姨的心情，那是擔心妳路上不安全。而且妳放暑假了，大人又沒一起放，要跟公司請假一兩個星期也不太好。」

白露被丁浩說到動搖了，她爸媽沒跟她說過這個，如今聽丁浩分析，果然有幾分道理，她之前好像有點任性了。

正想著，就聽見丁浩又加了一句，「其實，要是將來我女兒要自己去，我肯定也不會放心。可憐天下父母心啊，畢竟是一個小孩，又是女孩，第一次出門就去那麼遠，唉……」

丁浩還沒感嘆完就被白露敲了腦袋，小女生很憤怒，「丁浩！你說誰是你女兒啊！」

丁浩舉手投降，「那什麼，我只是打個比方……」

「那也不行！」

白露充分體現出她這幾年在暴力學上的長足進步，幾拳就把丁浩揍得直閃躲，還是白斌打完電話回來才救了丁浩。

她還在憤憤不平，舉著小拳頭對丁浩晃了兩下，「呸！改天一定要好好修理修理你那張倒楣嘴！」

丁浩在白斌後面對她翻了個白眼，「白露，快點收起拳頭，要是被人家看見，以後小心嫁不出去！」

白露又要衝過去打他，臉都氣紅了，白斌連忙把這兩個分開。才出去打通電話的時間，兩人就吵起來了，以後不敢再讓他們長時間同處一室了。

「好了，都停下來。」白斌按住前面的白露，又回過頭去抓丁浩，「浩浩，別在沙發上跳來跳去的，小心踩壞了傷到腳。」

白露坐在白斌旁邊，又恢復了小淑女的形象，睜著一雙大眼睛看她哥，「那個，哥，我媽答應啦？」

沙發上坐了三個人，丁浩有一半是趴在白斌身上，白斌就這樣一邊按著他，一邊回答白露，「答應是答應了，但是……」

小女生歡呼一聲，丁浩在旁邊涼涼地接了一句，「嘜，還有『但是』啊！」

白露立刻坐回來聽完，白斌在丁浩的頭上揉了幾下，笑著說：「但是一個星期太長了，要有人陪著去。」

白露小妹妹眼裡剛冒出來的光亮立刻弱了下去，大暑假的，大人哪有時間陪她去啊。

白斌對自家妹妹，語氣還是很溫和，「正好我放假，我陪妳去吧。」

白露眼裡的光亮死灰復燃，滿是期待地看著她哥，有點不敢相信自己聽到的，「哥，你是說，那一個星期你要陪我去啊？真的？真的啊？」看見白斌點了頭，她才哇的一聲跳起來。

小女生這次是真的開心了！她哥肯陪她去，這個比賽贏不贏根本就無所謂！重點是她哥全程陪同！白露開心得笑彎了眼睛，「哥！你真好！」

白斌摸摸她的腦袋，也笑了，「不要給自己太大的壓力，想多參加一點比賽、學點東西是好事，但是也要照顧好自己的身體，知道嗎？」

白露連連點頭，恨不得對天發誓，「一定一定！身體是革命的本錢對吧？哈哈！我一定會把本錢養得足足的！」

丁浩看到白露開心的模樣，也替她高興，畢竟他們也算一家人嘛。

「白露，妳什麼時候出發啊？」

白露高興到開始哼歌了，「明天早上啊！提前去跟老師再練習一下，下週三就比賽。」

丁浩的嘴角抽了抽，「明天就要走了，妳只提前一天來找白斌啊？」

白露還很得意，仰著頭說：「那當然了！我哥是我唯一的救命稻草！要是連我哥也辦不到，哼，其他人根本就不行！」

丁浩被她逗笑了，轉過頭問白斌：

「明天出發的話，時間滿趕的吧？你去一個星期，還要準備不少東西，快去收拾一下，要不然，司機傍晚來接白露的時候，你也一起回去？」

丁浩在心裡算了一下時間，鎮上和城裡來回也要一個小時，晚上提前回去還能睡個安穩覺。

白斌搖了搖頭，「不用，我們明天早上回去。」

丁浩有點沒轉過來，看著白斌眨了眨眼，「我們？」

白斌笑了，「是啊，你也跟我一起去吧，我在你身邊你就這麼會惹禍了，我要是一個星期不在，不知道你會把自己和奶奶折磨成什麼模樣呢！再說了，你的傷也得上藥啊。」後面那句說得很輕，聲音只有兩個人能聽見。

丁浩有點不想去，「我就算了吧，我留下來等你們回來好了。」他回來是想照顧丁奶奶的，現在出門，萬一發生什麼事怎麼辦？雖然這種事的機率很小就是了。

白斌知道他心裡在想什麼，可是丁浩也還沒完全好，留下來的作用不是很大。

「你在這裡也幫不上什麼忙，奶奶還得照顧你呢。」看到丁浩猶豫了，又添了一句，「不如請張陽家來照顧奶奶？現在是暑假期間，張陽的媽媽是在學校上班吧？應該有空閒，而且張陽沒有參加其他活動，離得又近，完全可以照顧到。」這是白斌的最大讓步了。

丁浩想了想，也點頭答應了。他在這裡也只能起到全程陪護的作用，張陽手腳健全、無病無災的，肯定比他還能做好這個工作，也就同意了，「那好，我打電話給張陽說一下。」

接電話的是張陽媽媽，丁浩見過幾次，是個很能幹的女人，歲月過早在她臉上留下了痕跡，但笑容特別燦爛，聽聲音也知道是心地善良的人，『丁浩啊？阿姨剛買了些西瓜回來，正想讓陽陽送一點過去給你們呢！』

丁浩客氣地跟她道謝，「阿姨不用，我們家也有呢，奶奶還問張陽這兩天怎麼不來玩，她現在只疼張陽，都不疼我了！」

半真半假地抱怨兩句，果然換來了張陽媽媽的笑聲。沒有母親不喜歡聽別人誇自己兒子的，尤其是誇獎自己兒子討人喜歡。

丁浩跟張陽媽媽說了一下情況，希望張陽這幾天能過來陪陪丁奶奶，強調了老人的身體情況還有注意事項。

「阿姨，這邊東西都滿齊全的，張陽可以住在我……」丁浩的手臂被撞了一下，抬頭就看見白斌不贊同的神色，立刻改道：「我隔壁的房間。」

白斌的臉色這才好看一點。

張陽媽媽否決了這個建議，『陽陽一個小孩懂什麼啊，還是我過去吧，阿姨租的還是你奶奶的老房子呢！』

當初租房的事是丁浩幫忙聯繫的，張陽回來後也沒隱瞞他媽，這對母子都對丁浩滿感激的。人這輩子，缺的不是錦上添花，而是雪中送炭啊，在最困難的時候幫個忙，往往值得記一輩子。

跟張陽媽媽說好了這件事，又再三謝過人家，丁浩這才掛斷電話，跟白斌比了個手勢，「好了，等等跟奶奶說一聲就好了。」

白斌捏了捏他的手，「奶奶剛做過體檢，身體好得很呢，不要自己嚇自己。」他跟醫院的張醫生提前打過招呼，丁奶奶的身體狀況目前確實沒有什麼事，要不然也不會叫丁浩一起出門。

丁浩揉了揉眉心，「好吧，這次聽你的。」

白露在旁邊看了半天，忽然覺得丁浩這傢伙還是個不錯的人，最起碼很孝順。小女生難得沒有開口拒絕丁浩加入隊伍，並且在心裡幫丁浩小心地提高了半階。嗯，這勉強算是個好人吧。

◇

S市是個不錯的地方，當地旅遊景點多，生態也保護得很好。市中心還有一處古建築，裡面綠蔭環繞，古樹參天，碩大的樹冠遮著，倒也感覺不到暑氣。白露坐在副駕駛座上，趴在車窗上看那邊的古廟，「哥，這個跟電視裡的一樣耶！」

丁浩在後面直犯睏。他一大早就被白斌拉起來趕到城裡，又長途跋涉地到了S市，現在眠還沒補夠，聽到白露嚷嚷就嗆了她一句：「廢話，拍電視不用取景啊？就是在這裡拍的，當然一樣了！」

白露還處於出遠門的興奮中，也不在乎丁浩的語氣，從前面轉過頭來跟白斌說：「哥，我們會不會在這裡碰到拍電視劇的啊？」

白斌正在玩電子寵物，丁浩在裡面養了一隻三角形的小雞，老是忘了餵，隔一段時間就變成了「小雞之墓」。他正忙著清潔餵食，回答得也不是很在意，「也許吧，之前聽說在這邊拍戲的滿多的。」

送白露來的司機有點緊張，「白露，我們來之前說好了，不能亂跑，得跟著妳哥……」

白露連連點頭，「當然！」她平時可以看電視劇，但是不能時時刻刻都見到她哥，當然得跟著他。

司機把白露一行人送到目的地，之前白老爺子已經跟這邊的熟人打過招呼，連賓館也幫他們訂好了，倒是省得白露住在老師家裡不方便。白斌跟丁浩的是一大間，還有個附設的小客廳。

丁浩一到目的地就恢復了精神，在賓館收拾了一下就要跑去附近玩，白斌自然陪著他。白露則要先去找她們老師，可憐巴巴地叫白斌第二天再帶她去玩。

陪同他們的司機第二天才回去，就先送白露去找老師。約好了晚上回來一起吃飯，白斌才跟丁浩出去。

兩人沒走多遠，來到附近的小公園，樹木格外高大，上面的標籤寫著詳細的品種及來源地，丁浩有滋有味地研究了一遍，「要是帶豆豆來就好了，牠肯定喜歡這麼高的樹。」

白斌聽見他這麼說也笑了。

這段時間，九官鳥養熟了，都打開籠子讓牠自己亂走。小東西最喜歡在樹枝上玩，但是偏偏膽小，不敢出去，只能在丁奶奶的小院子裡逞威風。

「是啊，豆豆來了肯定會感嘆一句『好大一棵樹』！」

丁浩噴笑，這是電視上放的歌曲，丁奶奶喜歡聽，偶爾還會自己唱兩句，九官鳥躲在外面偷聽，老是跟著一起哼哼。但是偏偏放著正版的不學，模仿丁奶奶唱走音的，氣得老人好幾天不給牠桃子吃。

兩個人閒晃了一下就提早回去了。丁浩對景點什麼的不感興趣，白斌對人為修飾出來的也沒什麼特別的喜好，只是一起聊天散步還是很舒服。

白露的老師留她一起吃飯，小女生打電話回來通知了白斌一聲，期間又彙報了一個說不上壞，也說不上好的消息，主要是要白斌轉告丁浩的。

『哥，張蒙也來了，我在老師這裡看到她了，不過，是跟她緋聞男友一起來的。』

白斌從她說到張蒙的時候，就把話筒放在他跟丁浩中間了。聽完白露說的，他看了丁浩一眼，丁浩倒是沒什麼太大的反應，只是挑了挑眉毛。

丁浩的心態很好，綜合張蒙以往的慣例，他覺得張蒙這次做得還不錯，最起碼沒有像以前那麼傻，隨便找個人就跟著人家跑。這次好歹是以參加比賽為目的，找的人還算是個有錢人。

白斌看到丁浩不在意也就沒多問，只是囑咐白露早點回來，「也不要太麻煩你們老師，知道嗎？」

白露在那邊清脆地應了一聲，『哥，你們自己記得吃飯啊，老師這裡還有練舞室呢，一大面鏡子可好看了。我想留下來再練習一下，晚上再讓司機送我回去，你們先休息吧！』聽見白斌答應了，這才戀戀不捨地掛了電話。

丁浩趴在旁邊聽，聽見白露不回來吃飯立刻又要往外跑，白斌攔腰抱住了他，「又要去哪裡？」

丁浩回頭對他眨眨眼，「白露不在，我們去吃燒烤吧？我在來的路上都看好地方了，離這裡也不遠。」

有白露在，都是以飯菜為主，偏偏小女生被她媽教育得很好，葷素搭配，湯水居多。丁浩跟著吃兩頓就膩了，他喜歡吃燒烤油炸，都是白露從來不怎麼吃的東西。

白斌想了想，還是搖頭拒絕了，「不行，外面的不乾淨，等一下去賓館的餐廳吃。」

丁浩跟他商量了半天，最後兩人折衷，叫了外賣在房間裡吃，不過還是賓館餐廳裡的就是了。丁浩點的烤雞翅讓餐廳人員一陣煩惱，最後弄了一點烤肉串上來，送上來的服務人員還很小心，生怕房間裡的客人不滿意

「我們這裡沒有烤雞翅，啤酒也不能賣給您，真的很抱歉。用這些肉串和可樂替換，您看可以嗎？」

白斌剛才去洗澡了，點餐的是丁浩，聽到服務人員的解說立刻挑起眉毛，他對丁浩的點餐很不滿意。白斌的氣場太強，這眉毛一挑，立刻讓矮他一截的服務生感到冷風颼颼。他知道住這間房間的客人都有來頭，看到白斌不滿意的神態都快哭出來了，「真的，不能賣酒給

未成年人，我們這裡有規定……」

白斌讓他把晚餐送進來，還是客氣地簽了單子，「我知道。」

他不是為賣啤酒的人生氣，而是為點啤酒的人生氣，這孩子不管教，越來越大膽了。

大膽的還沒發覺出事了，穿著大拖鞋、擦著頭髮就出來了。丁浩也沖了個澡，一出來就看見一桌飯菜，立刻過去坐下。

「速度真快，白斌，我點了你愛吃的蝦仁，你嚐嚐吧？」

白斌看著這個絲毫不覺得自己有錯的人，剛想提醒，就被丁浩舉著的筷子吸引了目光。丁浩夾著蝦仁送到白斌嘴邊，眼睛都在發亮，「白斌！快嚐嚐，這個真好吃！」

白斌張開嘴，咬下蝦仁慢慢咀嚼，蝦肉清甜爽口，還帶著一絲微辣，低頭仔細看丁浩的筷子，上面果然沾到了一點辣椒粉，想必是夾肉串的時候留下的，責怪的話忽然一點也不想說出口了。

浩浩想吃烤雞翅、想喝啤酒，大概是之前在路邊看到大人們的吃法，覺得有趣吧。白斌默默地看著啃肉串啃得很起勁的丁浩，覺得小孩瞇起眼來的樣子特別幸福。

下次再陪他去吃路邊攤好了，既然浩浩喜歡，就讓他吃吧，有他在，又怕什麼呢？

丁浩動了半天筷子，終於發現白斌沒動作，抬起頭來問：「白斌，你怎麼了？這個蝦不好吃？」

白斌笑了，從沙發上湊過去，微微張開嘴，「還不錯。」

丁浩看了看他這個姿勢，又看了看白斌放在一旁，壓根不想動的筷子，這個……是要他餵食？

丁浩試著餵了一隻蝦仁給他，果然，吃掉了。丁浩有一種餵食大型貓科動物的錯覺，這樣的白斌，好想摸摸他的腦袋看看……手不自覺地放上去了，等摸到了才發覺不對，白斌的眼神變了。

「白斌，等一下，我我、我不是那個意思！喂，你放我下來！聽我說完啊！」

被丁浩撩了一下的大型動物並不聽他的，扛著人就走進臥室，伏下身，在他的唇上輕輕咬了一口，接著輾轉吮吸，手也不忘俐落地除去丁浩的衣褲，「浩浩，你吃飽了吧？」

還舉著筷子的某人不停掙扎，「……還沒！」

白斌親了親他耳朵，壓到他身上來，「那我們做點其他的事。」

丁浩氣得咬他，「都說了還沒吃飽啊！」

白斌把他手裡的筷子拿走，隨便扔在地上，眼裡滿是笑意地看著被自己除去衣物的小孩，「你不會忘了吧？我說過，考試結束後要一起算帳。」

「我用嘴幫過你了……唔！！」

這種誘人的話是不能亂說的，白斌的眼神暗了暗，再次忍下心裡的欲望，「你敢說，跑回奶奶家不是為了躲我？」

丁浩歪著頭不說話，只抿抿嘴巴，剛才被白斌親得太激烈，袒露出來的胸膛還起伏著。白斌低頭親吻著他的脖子、鎖骨，甚至在上面咬了一口，很輕，還是留了印記。

丁浩顫了一下，伸手推他，「我明天還要出去……」

咬在鎖骨下方的力量明顯又加大了，丁浩想一想，還是伸手抱住他，身體也往那個人靠過去，「白斌，我屁股痛，還、還沒好。」

「不許賴皮，說好了。」

咬著的人立刻放開他，抬起頭來抵著他的額頭。丁浩被他盯得一陣心慌，他一緊張就容易把疼痛擴大，這次是真的覺得屁股痛了，扭著身子就要跑。

白斌按住他，「痛是吧？我先幫你上藥。」

白斌從櫃子上拿出提前放好的藥膏，擰開蓋子就要幫丁浩抹。丁浩眼疾手快，這麼一轉身的功夫就看見那個藥膏不是平時用的，立刻就要跑，「你騙人！那才不是消炎用的藥！」

白斌抱著他的腰，又壓著他，繃不住就笑了，「這個也有消炎的功效，聽話。」

房間裡的床很大，丁浩怎麼掙扎也碰不到地，倒是把被子踢掉了，床上一片淩亂。他掙扎到都快出汗了，感覺到帶著濕濕涼意的手指抵上尾椎骨，順著往下的時候，丁浩吞了吞口水，「白斌，別、別這樣……我們再商量商量……」

白斌在入口來回探著的手指停頓了一下，就著擁抱的姿勢，把小孩翻到自己懷裡來，「浩浩，你是不是怕我？還是覺得這樣……很噁心？」

丁浩被他放在那裡的手指威脅得很難受，但是看著白斌認真的樣子還是搖了搖頭，他對白斌的親近不排斥，只是……

搖頭帶給白斌的信號就是——綠燈通過。

手指帶著藥膏，慢慢順著臀縫滑動，揉搓著皺褶，白斌低頭咬住他的耳朵，「我喜歡你。」

丁浩臉都紅了，抓住他的手臂往外扯，「白斌，你等一下！」

「嗯？」

白斌今晚的耐性出奇得好，竟然真的停了下來。手掌包裹著身下的兩片柔軟，還在來回捏著，縫隙裡的藥膏化了一些，隱隱發出一些水澤聲。

丁浩見到白斌肯停下來，也顧不得還在揉捏他屁股的大手了，伸手就抱住白斌的脖子，縮在他懷裡不出來，悶聲悶氣地問他，「你別進去行不行？要我用嘴幫你都可以……」

丁浩以前跟別人做的時候，都會要求別人做好準備，何況是白斌這種有潔癖的。他從來都不覺得這麼丟人，被白斌碰到後面的時候，整個人都處在一種恐慌中。

白斌看著在懷裡縮成一團，埋著頭不肯出來的小孩，只能看見紅透的耳朵。

白斌有點不確定，手指試著抽動了一下，「浩浩，你是不是害羞了？」

「才沒有！！」這次都帶著哭腔了。

白斌最後是在丁浩的股間解決的。丁浩呈跪趴的姿勢，比起剛才手指碰到的地方，夾緊雙腿就好的姿勢容易接受多了。只是後面那個人明顯還是企圖不良，硬挺的東西順著抹了藥膏的地方慢慢滑過去，在臀縫間來回磨蹭著，雙手也大力地揉搓著臀部，擠壓著，偶爾太過濕潤的地方被頂端蹭到，都讓丁浩隱約有插進來的錯覺。

「白斌……嗚……別進去，求你了……」

被再三戲弄，黏膩的觸感、被頂住磨蹭的可怕感覺終於讓丁浩哭出來了。丁浩哭得太大聲，以至於白斌不得不半途停下來，抱著他去沖澡，連連安慰他：

「好了，好了，我不做了，是我的錯。」

丁浩的眼睛都紅了，在水裡抖得厲害。

白斌嘆了口氣，這次似乎做得有點過火了。他在丁浩的眼睛上親了親，又在他鼻尖上親了親，小聲地問他：「現在洗澡，然後睡覺好不好？」白斌將水溫調高了一點，慢慢地沖去丁浩身上的痕跡，「你看，都洗乾淨了，真的不做了。」

白斌細心地幫他擦洗，對於身體的衝動，丁浩的眼淚更讓他有所顧慮。

說好要等丁浩長大的，自己好像越來越沒有耐心了，似乎是看到自己辛苦養大的花朵不斷地遭到別人覬覦，那種煩躁的心情讓他急切地尋找認同，恨不得立刻在丁浩身上打上屬於自己的標記。不過，小孩哭成這樣，他也的確下不了手。

白斌抹了抹丁浩的臉。小孩臉上的水珠和眼淚混成一片，白斌有些無奈，丁浩不好受，他也不好受，「再哭，明天就真的不能出去了。」

丁浩都哭到打嗝了，「沒、沒說不讓你做！我只說別進去，別進去……我一直求你，你都不聽！」

當年白斌的手段強硬，丁浩遇到也從來不哭，有時候還會奮勇起身，跟白斌打一架。不知道是不是這幾年被白斌寵慣了，再遇到，竟然委屈地哭了出來。

白斌一手抱著他，一手幫他清洗，聽見這番話也順著他，在額頭親了親，「是是是，是我的錯，不進去了。」

丁浩後面被藥膏弄得黏糊糊的，白斌只能用沐浴液來幫他清理乾淨。這手指探入裡面而搓起的細膩泡沫讓丁浩忍不住又要跑，卻被攔在腰上的手臂困住了。這次丁浩壓低的聲音裡都帶著惱怒，「你……你說不進去……啊啊、白斌你混蛋！嗚……！」

抱著他的人一邊認真沖洗，一邊安慰地親了親他，「不怕，是手指。」

丁浩從沒被人弄過那裡，哪怕是手指細微的力道，也讓他有被撐開的感覺。以生氣的原因來說，是害羞與不甘的成分居多，丁浩這次是真的被白斌徹底洗乾淨了。

繼泡沫之後，是略燙的水流，被人掰開那裡清洗著，丁浩身上都泛紅了。這時候也不哭了，他緊緊地咬著白斌的手臂，「你說了不進去……言而無信，卑鄙小人！唔——」

水流沖到裡面，丁浩被燙得顫了一下。

白斌抱著他小聲安慰著，「只是手指，浩浩，醫生說這種藥留在裡面也會不舒服的，我幫你洗乾淨。」

丁浩掙扎的動作停了一下，任由手指在自己身體裡攪動。

「你說醫生？你、你去醫院拿的藥？」

白斌點了點頭，「醫院比較可靠。」

丁浩覺得自己的表情一定特別傻，眨也不眨地看著白斌，「你用什麼理由……拿到這個藥的？」

白斌的臉有點紅，咳了一聲沒有回答他，撤出了埋在溫暖柔軟裡的手指，「洗好了。」

丁浩又追問，卻被白斌扣住腰拉近了距離，小腹被硬硬的柱體堅決地抵著。

「我們繼續吧……我不進去，好不好？」

丁浩的東西也被白斌握著，一起揉搓。丁浩抱著他的腰，他沒比白斌高，只能把頭用力抵在他的肩膀上，微微吸氣。

白斌親了親他耳朵，「好乖。」

被翻來覆去地洗了半天，腿早就軟了，再加上這樣的刺激，丁浩沒一會兒就靠到牆上。背後的瓷磚冰冷，丁浩抓著白斌的手臂穩住自己，還不忘瞪那個罪魁禍首一眼，「都是……你害的！！」

白斌似乎發覺了什麼，扶著他，轉過了身體，讓他雙手扶著牆，從後面握住他的繼續讓他舒服。溫暖的軀體也覆蓋上來，胯下的堅硬抵在兩腿間進出。這種模擬的性交更加有壓迫感，讓丁浩覺得自己的手都在發抖。

白斌在後面親吻他的耳尖，感覺到身下的人在微微顫抖，「還會冷？」趴著的姿勢比較不會著涼，即使是夏天，瓷磚的溫度也很低。

丁浩搖搖頭。怎麼會冷，水流溫熱，在後面抱住自己的人也是熱的，夾緊的腿間更是滾燙一片……

「白斌，我……喜歡……」丁浩仰過頭去尋找他，最後一個「你」字被淹沒在相觸的雙唇中。

白斌手指碰觸的感覺很棒，但是還不足以掩蓋粗大蹭著進入的感覺，丁浩察覺到不對時已經晚了。

「唔……唔……」

被壞心眼的人捂住嘴巴，連手指都伸進去夾住舌頭。

被進入的感覺太強烈了，一點一點地壓迫進來，感覺像是被什麼填滿了一樣，眼淚又開始沁出來。

白斌只覺得自己進入了最美妙的地方，火熱緊緻，緊緊裹著他不放，一點一點地進入、占領。他填滿了丁浩的肉體，卻覺得自己的心也被小孩填滿了，忍不住貼近他的耳朵，一遍遍地喊他的名字，「浩浩，浩浩。」

丁浩的上面下面都被白斌填滿了，被手指堵著說不出話來，後面又痛又脹，乾脆咬住了嘴裡的手指頭。

心裡像是有什麼被打破了，碎裂之後，卻得到全新的感覺……如果是白斌，也可以吧。丁浩迷迷糊糊的又有點不甘願，但是後面的人一遍一遍地親著他的耳朵、脖子，還是很堅持地挺進全部。

「浩浩，對不起，對不起……」

之後的動作算不上粗暴，但是也讓丁浩受了一把折磨。白斌畢竟是第一次進入，那裡之前上過藥，又被水流和沐浴液仔細沖洗過，泛著迷人的粉紅色，白斌被裡面的溫暖與緊緻吸引，忍不住加快了力道。每每抽送，都覺得連在一起的地方敏感地縮著，配合得並不好，但是更刺激了。

白斌趴伏在丁浩身上，抱著他的腰，讓他臀部翹起，更能接納自己。頂在裡面抽送著，感受那份細膩觸感。

懷裡的人心跳很快，自己更是如此，白斌咬著丁浩的耳朵，在耳邊輕聲細語：

「浩浩，我們在一起了。」

丁浩被他用手指描繪著後面交接的地方，那裡還含著白斌的東西，手指滑過，忍不住顫了一下。

立刻聽到了背後那個人的悶哼，像是在極力忍耐著什麼。

丁浩感覺到體內的東西也在動，越發脹大，像被人頂撞到了內臟一般。他抱住白斌的手臂，臉色有點發白，「別、別再進去了……」

後面的人聽見了，還是固執地不肯撤出來，整個人都貼在他後面，抱得緊緊的不放開，

「我喜歡你，喜歡……浩浩……」

耳邊自始至終都是響著這兩句，哪怕在做著臉紅心跳的事情，動作快得讓人喘息不斷，這句話依舊在耳邊不停重複著。

丁浩聽得臉頰發燙，可就算是這樣，也不能彌補他之前被白斌傷害的心靈。等到從浴室出來之後，丁浩還是在白斌身上咬了幾口出氣。

白斌抱著他一起入睡，空調的溫度有些低，可是實在捨不得下床去找不知道被丟到哪裡去的遙控器。他把小孩抱在懷裡，拉過夏涼被蓋上，忍不住又在他臉上親一口。

得到的回應是憤怒的一爪，「混蛋！」

不在意地握住他的小爪子親了親，這個人都是他的了，這種感覺真好。

「嗯，我混蛋。」

沒料到白斌會這麼老實地承認，被抱著的人還是有些惱怒，「你說話不算數！」

這位完全忘了平時說話總是不算數的是自己，以及當初的承諾，只是對後半段自己竟然在白斌生澀的技巧裡發洩出來的事情耿耿於懷。簡單來說，這位惱羞成怒了。

「我的錯，可是再一次的話，還是會這麼做。」白斌親了親他瞪得渾圓的眼睛，覺得生氣的丁浩真是充滿活力，揚起唇角繼續說：「我想要你。」

想要你屬於我。

不安太久了，實在很害怕失去。也許這樣有點卑鄙，但是無論重複多少遍，他都會進入丁浩、刻上自己的痕跡，這就像是一個儀式——把懷裡的人變成私有品的儀式。

大概是這句話太直白，亦或是剛做過那麼親密的事，丁浩的臉有點紅了。幸好房間裡沒有開燈，黑暗是最好的掩護，丁浩抽回自己的手，揉了一下鼻子，只在他懷裡哼了一聲。

男子漢的尊嚴什麼的，從這輩子遇到白斌的那一刻，就已經不重要了。

「下次，輕一點。」

抱著自己的人果然放鬆了身體，聽聲音都知道他是真的高興，「嗯。」

◇

白露之後的排練都是白斌親自送她去的。至於丁浩，由於某種說不出口的原因，被迫在床上趴了一天。等到白斌確定他活蹦亂跳，真的沒什麼事以後才打開房門放他出去玩，但是依舊不許走遠，而且沒有白斌陪同，不允許私自行動。

丁浩被圈養了幾天，晝伏夜出的。白露有一段時間沒看見他就問她哥，白斌只說丁浩胃病又發作了。

小女孩的心腸還是不錯的，連忙勸她哥要叫丁浩按時吃藥，「哥，這個可不能停啊，醫生都說這種慢性病要一點一點地調理，日子久了才能養好。」

白斌不知道想到哪裡去了，咳了一聲，有點不自然地點了點頭，「是，都有在吃藥。」

白露沒多想，倒是在外頭吃飯的時候偶爾會幫丁浩帶一兩隻雞翅，上面貼個紙條：

『你聞聞吧，別吃。』

丁浩恨不得把紙條當成白露咬碎！這與其說是對病患的慰問，不如說是報復。

以至於比賽結束，丁浩被批准放出來的時候，白露圍著他轉來轉去，看了又看。小女生原以為丁浩的胃病好了，怎麼樣也會掉幾斤肉，清瘦一點，可是仔細觀察，愣是沒看出來跟之前有什麼不同，皮膚倒是白了一點。

丁浩被白露的眼神看得發毛，筆直地站在那裡不動彈。小女生最後得出了結論，「丁浩，你哪裡有病了？我怎麼覺得沒什麼變化啊？」

白斌在旁邊幫丁浩解圍，「他是胃病，在肚子裡面，妳看不見。」

這次是丁浩想太多了，趁白露不注意時悄悄架了白斌一記拐子。他那裡面的傷是誰弄的？啊！

白斌不以為意，幫他扣上帽子，壓低了帽檐還在笑，「聽話。」

白露比賽結束後，白斌特意多留了兩天，讓她好好在S市玩一趟。

丁浩這幾天也被關到對外面無比嚮往，一出門就恢復了活力，跟白露頂嘴也成了享受。白斌在後面陪他們，嘴角偶爾挑起一個笑。整體來說，三個人興致都不錯。

夏天的遊客不多，寬敞的古寺微風陣陣，帶著一股檀香味道。白露被這種氣氛感染了，求了個小牌子，在上面認真地寫好心願，掛到樹上去。她個子不高，掛得很低，丁浩趁她轉身，偷偷翻開來看了一眼。

只是求家人身體健康、萬事如意的普通話語，後面寫了一串名字，從白斌到白老爺子子，寫了她爸、她媽、大舅、舅媽，最後快寫出牌子了才多添了一大串人名，只寫了一個「丁」字，後面那個字似乎寫不下，只用了一個「X」表示。

丁浩對著那個「丁X」一臉黑線。

旁邊的人又掛了一塊牌子上去，這次的是拋上去的，穩穩地掛在樹梢上。

丁浩轉頭就看到了白斌，樹蔭下的人已經初具成年的挺拔，微微仰起的臉更是帥氣，丁浩看著他，忽然有點心動。

「白斌，你許了什麼願？」

白斌低頭看他，眼裡都帶著笑，「不能讓你偷看的願望。」

丁浩不爭氣地紅了臉，哼了一聲就要走，剛走兩步又倒回來，對白露喊：「白露！幫我在這裡照一張，這棵樹長得多好看啊！」說完，又拍了拍那顆許願的大樹，彷彿對這棵樹尤其感興趣，手搭在帽檐上，仰頭看著那一片許願的小牌子。

他知道這裡面有他的一個，或者說，一個半？想完又笑了。

白露對他舉起相機，「丁浩，擺個好看的姿勢啊！」

丁浩站在許願樹前面，樹梢上的小木牌隨風搖動，發出零星的聲音。丁浩伸出手指比了個V，笑出了一口小白牙，左邊臉上深深的酒窩格外可愛。

他不知道那個願望，不過也可以把這個願望帶回去啊。丁浩有些得意地看著白露的小相機，心情大好之下，主動掏錢買了雪糕給她吃。

白露接過來的時候還很詫異，「丁浩，我一個人吃不了這麼多。」

丁浩舉著手裡的另外一支，有點不高興了：「這是我的。」

總共買了兩支，這孩子就以為都是給她的，這也太實在了。

白露的眉頭皺起來，「你不是胃痛嗎？胃不好能吃冰的？」

丁浩默默轉身，把那支雪糕塞到白斌手裡，他決定便宜自己的人，也不便宜白露，又緊接著叮囑他，「白斌，給你吃，都吃完。」看到白斌真的吃了，又有點不甘心地問他，「好吃嗎？」

白斌對這種甜膩冰涼的東西不怎麼感興趣，不過在吃這玩意兒的時候，可以讓丁浩一直看著自己倒是很有趣。慢條斯理地吃完了雪糕，最後還回答了丁浩的提問，「還不錯。」

丁浩有點無言，你就說個你不愛吃，半路讓給我吃會怎樣……

這麼小支的雪糕，他兩口就可以吃完，完全不會被白露抓到馬腳。丁浩在大太陽底下積攢著對雪糕的怨念。

來古寺的人不多，但是天底下偏偏就有這麼巧的事，為數不多的人裡，還真的能他鄉遇故知。

但顯然，丁浩對這個「故知」不怎麼待見，看見了就想躲，剛扯著白斌轉身就聽見對面的人喊了一聲：「白斌！」

丁浩怒了，幾步快走過去，帽子都歪到一邊去了，「張蒙！妳怎麼不先叫我呢！」

丁浩搞錯了重點。這個死小孩比較自戀，但是就有這樣的人，接二連三地傷害他自戀的心。先是張陽對白斌「告白」，遠在外地偶遇的表姊又先喊了白斌的名字，丁浩怒了，這太不尊重人了！

張蒙是跟一群人出來玩的，現在還挽著一個男生的手臂，沒換姿勢，看到丁浩過來有點傻眼，眨了眨眼睛才反應過來，「啊，丁浩你怎麼在這裡？」接著臉就白了，「你爸你媽也來了嗎？」

丁浩知道張蒙的腦袋裡在想什麼，看到她跟那個男生的黏膩就明白了——她偷跑出來，怕被大人抓包呢！

丁浩還不至於在這種事上騙她，很直接地告訴她：「沒來，老丁家只有我一個來了，不過張蒙，我作為老丁家的代表，嚴重且鄭重地警告妳，明天晚上姑姑就會接到妳即將到家的消息。」丁浩對她笑得很燦爛，「所以妳還有一天的時間回、家、去！」最後三個字咬得很重，誰都能聽出丁浩咬牙切齒的意思。

張蒙有點不高興了，「丁浩，你別多事啊，我都跟我媽說了……」

丁浩抬眼看了看張蒙身邊的那一群人，都是學生模樣，年齡也大多是十六七歲的樣子。

有幾個很眼熟，似乎也是他們學校的學生。不過，這些人無一例外都穿得不錯，有幾個男生身邊也有小美女相伴，挽著手的黏糊模樣不比張蒙差。這樣的人通常耐性都不好，果然，張蒙身邊的男生也不高興了，「丁浩，我知道你，張蒙出來的時候跟家裡說過了。」

丁浩瞇起眼睛，盯著張蒙，「妳說妳去補習班補習了是吧？」

這次不僅是張蒙，那個男生也有點吃驚，這個理由還是張蒙當著他的面打電話跟家裡說的，丁浩怎麼知道？

丁浩怎麼知道？張蒙當年從家裡偷錢，到跟人家私奔都是用這個理由！數十年如一日，妳就不能改改嗎，張蒙！

後面的白斌兄妹跟上來了，看見張蒙也只淡淡地打了個招呼。張蒙現在也明白了，丁浩八成是跟白家兄妹來的，對他的話也放了心。她顯然還是想跟白斌搭話，旁邊的男生神情有些不耐煩，可是當著白斌的面又不好發作，只能聽著她說：

「白斌，上次……謝謝你啊，如果沒有你幫我複習功課，我也進步不了呢。」

白露很吃驚，「哥！你幫她補習啊？」

白斌搖了搖頭，「沒有。」

「那她怎麼說……」

丁浩在旁邊幫忙拆臺，「只是借了她課本！我說張蒙，妳能不能說得清楚點啊？別讓大家誤會。」

張蒙的臉色不好看，但還是笑著打圓場，「我……不就是說個笑話嗎！」

白露點點頭，深以為然，「我也覺得是個笑話。」

她哥只幫丁浩補習過外語，連她都沒有讓她哥補習過，還能便宜了外人？當然，以她的成績來說也不需要補習。小女生的思想在某種方面來說，跟丁浩是如出一轍。

丁浩再下了一遍最後通牒，張蒙的小男友當著白斌的面，敢怒不敢言，丁浩連理都不理他。再哼哼，再哼就讓白斌對付你信不信！

丁浩沒白白受罪，屁股痛完了，面對白斌立刻多了一種自信，尤其體現在使喚白斌上。老子都這樣付出了，白斌護著他是應該的！

兩夥人不歡而散，丁浩他們繼續遊玩，丁浩陪白露發洩似的買了一堆念珠、佛珠、掛串以及各色小工藝品，把白露帶來的包包都塞得滿滿的。

白露看了看丁浩的臉色，小心地問他：「你是不是心情不好？」

丁浩把背包揹好，又接過白露手裡的東西，對她露齒一笑，「沒有！」

白露立刻回頭跟白斌報告，「哥！丁浩不正常！」

小女生平時被丁浩剝削習慣了，雖說沒怎麼受到壓迫，但是這還是他第一次這麼主動，難免有些恐慌。白露小聲地跟白斌咬耳朵，「他是不是被張蒙刺激到了？我覺得，丁浩其實滿在乎他們家人的……」雖然那一家子裡，有個別人士不怎麼厚道。

白斌反過來安慰她，「沒事，他高興得很呢。」

白露不確定，頭一次懷疑了白斌，「真的？」

白斌也遲疑了一下，「大概。」過一會兒，丁浩回去發現自己花太多錢後，可能就不會這麼高興了吧？

正在嘀嘀咕咕，就看見前面的丁浩停下來了。他們來這間古寺要坐遊覽車，回去的時候也是遊覽車帶路，丁浩站在前面，一馬當先地衝上去。遊覽車上的人不多，丁浩他們坐著等了一會兒人才到齊。

來的人又是熟人，張蒙那一群也是逛完了想走，上車時幾乎都沒有空位了。張蒙在後面走得很慢，輪到她的時候只剩一個座位了——碰巧，走道旁邊就是丁浩。

張蒙看了一眼丁浩，意思是準備讓丁浩讓位，坐在旁邊的白露先不高興了，「張蒙，有人像妳這樣的嗎？」

張蒙的小男友臉皮比較薄一點，想要站起來讓張蒙坐下，被張蒙伸手按住了。

她今天吃了丁浩好幾個釘子，如今也有點沒面子，「我都走了一天，再說了，小舅還讓你在外面多照顧我，你是不是男生啊，丁浩？讓不讓？」

丁浩翻了個白眼，妳按著的就不是男生了？他還沒開口，白露就回應了，小女生答得十分直白，「丁浩，別讓！」

張蒙的臉上一陣紅一陣白，整車的人都在往這邊看。她咬著嘴，氣鼓鼓地看著白露，「為什麼！」

「為什麼？」白露也氣到臉都鼓起來了，丁浩這個胃病傷患一路幫她拎包包就夠累了，她跟她哥都捨不得讓他站著，憑什麼妳一來就要讓給妳？小女生手一揮，一臉嚴肅地拿出最有力的話，「當然是因為男女平等啊！！」

整車的人安靜了一下，哄然笑了出來，還有幾個對白露鼓掌的。

丁浩對白露豎起大拇指，笑到眼淚都快掉出來了，他覺得白露說得太棒了！不愧是拿男女平等當座右銘出生的人！

白斌咳了幾聲，也跟著笑了，不過還是把丁浩抱到自己身上，空出那個位置，「張蒙，妳坐吧。」司機等著開車，不坐的話，大家都得等。

白露眼紅了，「哥！」她後悔了，她想跟丁浩換一下。

張蒙坐在旁邊看著丁浩跟白斌，又默默低下頭。旁邊的小男友也有點不自在，轉頭去看外面的風景，也不安慰張蒙。

他覺得張蒙這樣讓他丟臉了，尤其是在白斌面前。他跟白斌不熟，但是家裡跟白斌家也多少有些往來，回去後，這件事不知道會被那幫朋友傳成什麼樣子。尤其是被家人知道後，以後說起來多沒面子啊。

不自在的還有丁浩，他被白斌抱了一路。雖說有個人肉墊子，但是路上顛簸，每次起伏的時候都感覺怪怪的，想往前挪，卻被白斌抱得緊緊的，「很擠吧？等等就好了。」

嘴上說擁擠，卻更用力地把對方抱在自己懷裡……這種安慰的方式，還真是特別。

丁浩滿臉黑線地坐在白斌懷裡，前面是白露的渴望眼神，旁邊是張蒙的低氣壓，身後的人更是開心得散發出荷爾蒙。丁浩躲過假裝隨著顛簸，不經意蹭到自己耳朵的嘴唇，意料之中地聽到耳邊的低笑，「好了，不玩了。」抱著他的手沒有放開，只是安慰似的拍了拍他的腰，讓他不要緊張。

丁浩第一次深刻體會到了「坐立不安」這個詞的內涵。

◇

白露她們的老師在電視臺有點門路，提前打聽到了比賽成績，白露她們得了三等獎。老師打電話一個個通知，看起來還很興奮，說是獎品和證書要過一段時間才能拿到，先讓白露她們回去，到時候會幫她們帶回學校。

白露高興到一整天都笑咪咪的，連丁浩提議去吃燒烤慶祝都沒反對。

三個人在離開S市前的最後一晚去小吃街，吃了露天燒烤，丁浩一口氣都點了一遍，又著重點了幾樣自己愛吃的，又來了十串雞翅、十串脆骨、十串板筋……看到白斌沒反對，還偷偷地點了冰啤酒，不過給白露的是果汁。

雞翅尖烤得焦脆，沾上老闆自炒的辣椒粉和芝麻，吃起來特別香。丁浩啃得滿嘴流油，吃爽了，再喝一口冰啤酒，真舒坦！

白斌大部分都是在幫丁浩拿，偶爾也會嘗幾塊蘑菇之類的素食。燒烤這東西不是很對他的胃口，但是對於從不挑食的白家人來說，還是秉著要吃光的原則。白露小妹妹此刻就拿著一根豬尾巴在啃，那是提前煮熟滷好的，烤得脆了一點，咬起來很過癮。

丁浩吃了一半，中場休息，陪白斌一起喝啤酒，「喝得慣嗎？」

白斌點了點頭，「還可以。」

他之前陪白老爺子出門，多少接觸過，冰過的劣質啤酒並沒有多澀口難咽，反而因為周圍熱鬧的氣氛多了一種美味，很特殊的感覺，好像啤酒天生就應該在這裡、這樣喝的。

因為出發前問過賓館的人，丁浩他們去的地方是很道地的小吃街，不是旅遊景點，來這裡的大部分是當地人，小吃也是最正宗的。

夏天晚上來吃燒烤的人多，往往就會發生一點熱鬧的事。

丁浩他們正吃著，就看見那邊有一群人打起來了。推翻了幾張小矮桌，被踹開的一個黃毛差點把隔壁賣餛飩的攤子也砸歪了。老闆氣死了，拿起漏勺就去敲他的腦袋！

丁浩噗哧一聲就笑了。這個城市的人跟這裡的天氣一樣，格外火爆，不過這也正是這裡的魅力所在。

餛飩攤還是受到了牽連，周圍吃東西的人散開了。丁浩咬著雞翅觀戰，看樣子是一群染著頭髮的小混混在揍一個人。不過很沒用，很快就被扔出來好幾個，有的還多次被踹出包圍圈，繼續鍥而不捨地爬回去，剛進去就發出了殺豬般的嚎叫，「嗷嗷嗷——疼啊！！別踩我的手——！！！」

丁浩吃完雞翅，叼著一支竹籤不懷好意地想，那傢伙是不是被自己人踩的。這幫人真不專業，還不如李盛東那幫小兄弟嚇人呢！

白斌看都沒看那群打架的，全被丁浩咬著的竹籤吸引了。

丁浩吃東西喜歡咬著東西，筷子、吸管之類的就隨他去了，但是竹籤的刺多，不能咬。他從丁浩嘴裡拿出竹籤，想著以後不能常吃外面的東西，又難得地勸了幾句：

「浩浩，再吃一點，吃完就走了，明天還要回家。」

丁浩大概也懂了白斌的意思，意思是吃完這頓就沒下一頓了，伸手又抓了一串板筋，邊啃邊看人打架。

白露看了幾眼就覺得沒意思，她爸那邊搞實戰訓練時，空手打得比這個還狠呢！這算什麼啊，一群人揍一個，連搬椅子、舉桌子都贏不了，真沒用！小女生撇撇嘴，打從心裡看不起連打群架都沒效率的人。

丁浩忽然湊過去撞了撞白斌的肩膀，手裡的燒烤也不吃了，「白斌，你看那個人……是不是很眼熟？」

白斌也轉頭看過去，戰圈已經縮小了很多，還沒躺下的屈指可數，不用丁浩指就能看到那個站得筆直的人——頂著一顆刺蝟頭，黑著一張臉，眼神也利得讓人不敢多看。

「肖良文？」

丁浩已經開始到處找丁旭了，有這個黑小子的地方，丁旭肯定也在。

果然，站在不遠處角落裡看著的人，不是丁旭嗎？這次沒白來S市，竟然連丁旭這神龍見首不見尾的人都找到了！

「白斌，我過去一下，馬上回來！」

丁浩扔下燒烤串，手在褲子上隨便抹了一下就往丁旭那裡跑。白斌不放心他一個人，囑咐了白露不要亂跑，跟著丁浩過去了。

白斌看到丁浩跟一個戴著眼鏡的男生搭著肩膀咬耳朵，忽然又笑著拍了拍人家。若不是那個戴眼鏡的男生一直沒有什麼表情變化，白斌幾乎以為他們是很要好的朋友。

下一刻，丁浩就被黑影籠罩了，黑小子已經提前結束了戰鬥，站在丁浩前面看著他搭在丁旭肩膀上的手臂，皺著眉頭就要去把丁浩拎起來。白斌快了一步，把他攔下來，也順勢把丁浩帶到自己這邊，對黑小子客氣地打招呼，「肖良文，好久不見。」

黑小子也認出白斌來，對他點點頭，視線馬上就移到旁邊戴著眼鏡的男生身上。

「丁旭，可以走了。」說完後伸手去抓丁旭的手腕，但立刻被甩開了，再伸手去抓，這次不但被甩開，還被抓了一下。

丁旭的聲音淡淡的，但是很堅持，「我自己會走。」

黑小子不知道出於什麼原因，頓了一下，沒有再去抓丁旭的手，但是依舊寸步不離地跟在他身邊。

丁旭戴著一副寬大的眼鏡，略長的劉海幾乎把他的眼睛也遮了起來，白斌只看到略尖的下巴和有些蒼白的臉，比上次在基地見到時瘦了許多。他們兩個都帶著大背包，看樣子也是出來旅行的。

丁浩接觸得比白斌多，剛才拍那一下，都能感覺到丁旭的肩膀硬得嚇人，現在才過了多久啊，怎麼會瘦成這樣？

丁浩對丁旭一直有種說不清楚的感情，他們擁有共同的回憶，也正是因為丁旭也在，才讓他對現在更有真實的感覺。見到丁旭對丁浩來說是一件很開心的事，丁浩很自然地邀請他們過去坐，「白斌他妹妹剛得了獎，我們正在慶祝呢，要不然一起過去吃東西吧？」

這邊的攤位被砸得七零八落，小混混們跑了一大半，後面的幾個還在叫囂，也被同伴扶著走了。幾個老闆一邊扶起桌椅一邊罵著，顯然不適合再在這裡吃東西了。

丁旭看了一眼肖良文，想到那傢伙從下午就沒吃什麼，於是點頭同意，「好。」

剛走兩步，他忽然又回去掏出一點錢給那幾個受到連累的老闆，「真是對不起，把桌子打壞了。」壞了兩張桌子，攤子也壞了，灑出來的碗碟食材更不用說了。

雖然只得到一張大鈔賠償，老闆還是接受了，倒是餛飩攤的老闆，竟然又找了五十元給丁旭，「你賠一半就好，你們一起打壞的，他們也有一半責任。」

丁旭愣了一下，還是把找錢收了下來。他跟肖良文身上的錢也不多了，再看了一眼那個餛飩攤，在心裡默默說了謝謝。

丁浩對丁旭跟肖良文的行蹤很感興趣，叫老闆拿來新的筷子、杯子，又讓老闆多烤了幾串羊肉串送過來。

他看到肖良文埋頭大吃才問丁旭：「噯，你這傢伙畢業後就一聲不響地跑了，我問了好多人都不知道你要轉學去哪裡，都沒辦法找你啊！」

丁旭吃東西很安靜，但是也絕對不慢，在丁浩說話的期間已經啃了兩串蘑菇，「去了趟D市。」

丁浩想不出丁旭跨過大半個國家去D市幹什麼，乾脆厚著臉皮問：「你去那裡幹嘛？」

丁旭啃了半根玉米，回答得更乾脆，「私事。」

丁浩問不下去了，他臉皮還沒厚到能追問人家私事的地步，嘆了口氣，看著那兩位風捲殘雲地吃完一桌。白露還咬著之前啃著的半截豬尾巴，看著埋頭大吃的兩人說不出話。

小女生忽然想到了物以類聚、人以群分這句話，她算是明白了，丁浩的朋友都是吃貨。

丁旭吃飽了，用餐巾紙擦擦手後問丁浩：「你要在S市待多久？」

丁浩還在驚訝黑小子對著瓶口就喝光了三瓶啤酒，聽見丁旭問，腦袋都沒動地說：「明天就回去了……丁旭，你不管管啊，他這樣喝沒事吧？」

丁旭看了一眼，「沒事，啤酒會飽。」又沉吟了一下，繼續問丁浩：「我身上的錢不太夠，你能不能借我一點？不用很多，夠今天晚上的住宿跟明天回去的錢就好。」

黑小子啵地一聲喝完了最後一瓶啤酒，用有點古怪的眼神看丁旭。他從來沒見過丁旭跟別人借過錢，這個丁浩跟他們很熟嗎？

黑小子上下打量著對方，好像見過幾次。不過既然丁旭肯對這個人開口，那這個丁浩就是朋友了，黑小子默默地把丁浩劃分至非敵人的圈子，拿過丁旭盤子裡沒吃完的肉串，三兩口就吞進去了。

丁浩對朋友一向大方，「好啊，不如你跟我們一起回賓館吧？你在這邊剛得罪了人，隨便找地方住不大安全……」丁浩轉頭問白斌，「明天來的是商務車吧？座位夠的話，也帶他們一起回去吧？」

白斌點了點頭，他對肖良文的印象不錯，而且丁旭跟肖良文的關係他也知道，沒怎麼考慮就答應了，「可以。」

丁浩替那兩位白吃白喝的決定拍板，「那好，就這麼決定了，晚上跟我們回去睡一覺，明早回家。」

丁旭看著他，微微點了一下頭，「謝謝你，丁浩。」雖是簡單的話語，卻是發自真心的感謝。

第四章　心意

回去的路上出了一點差錯——白露她爸想女兒了，派了一台軍用越野車來，迫不及待地想把孩子接回家。這種車跑得快，在路上方便，可以節省時間，唯一沒想到的是多了兩個人，後座有些擁擠。

大件的行李都扔到後車廂了，白露抱著自己的小包包坐在副駕駛座上，轉頭問後面的白斌：「哥，你們四個在後面擠不擠啊？」實在不行，她可以跟白斌換一下，她哥那麼高，在後面一定不舒服。

這一點困惑很快就被稍後上來的肖良文解決了，黑小子上車以後，直接將丁旭整個人抱在懷裡。丁旭一直在睡覺，被抱住後也只是略微調整了姿勢，繼續睡。他比黑小子瘦一圈，窩在他懷裡剛剛好。

白露好奇地看了他們兩眼，不過也沒多說話，只是覺得這兩個人感情真好，跟她哥和丁浩一樣……

想到這裡，小女生立刻轉頭去看丁浩——果然，那死小孩在搶她哥的地盤，斜靠在她哥身上，正瞇著眼笑呢。白露也習慣了，只是象徵性地瞪了丁浩一眼，「你沒長骨頭啊！」

丁浩立刻善解人意地做了個「沒長骨頭」的姿勢給白露看，真正地賴在白斌身上。

白斌揉了揉他的頭髮，一貫地寵著他。

白露氣鼓鼓地回過頭去了，倒是來接人的司機第一次見到丁浩這樣子，跟著笑了。白家兄妹平時不太像個小孩，這樣胡鬧才能看出年齡來。司機看到後面幾個小子坐得很擠，有點抱歉地跟他們說：「這是臨時換的車，我也不知道，先勉強擠一擠，下午就到了。」

白斌示意沒事，他對目前的狀況很滿意，丁浩靠他很近，就這樣依偎也很不錯。那邊的肖良文更是沒什麼好說的，他昨天不小心又惹丁旭生氣了，沒想到還能一路抱著他回去，對這樣的位置安排十分滿意。

丁浩坐在中間，看著旁邊那兩位抱在一起的姿勢嘿嘿直笑。丁旭該不會是昨天晚上累壞了吧？這死小孩不敢問，自娛自樂地想了半天。白斌看不下去，捂著他的眼睛讓他睡覺，「你也聽話一下。」昨天晚上他們很晚睡，丁浩現在不休息，等回到家又要喊累了。

丁旭睡得很沉，中途去服務區休息才被黑小子叫醒，揉了揉眼睛，起來去洗了把臉。白斌陪白露去買吃的了，小女生有點暈車，想吃話梅，司機也跟去服務區抽菸了，丁浩則主動留下來看車。

丁浩正在車上等著，就看見丁旭他們先回來，連忙將自己手裡的麵包遞過去。

「丁旭，你沒吃早飯吧？」

他們早上在餐廳只看見了肖良文，丁旭從旅途開始就睡眠不足的樣子，早上吃飯壓根就沒下來，直到上車要走了才看見他。

丁旭沒什麼胃口，不過對於丁浩的好意還是有禮貌地接受了，「謝謝。」拿過麵包，有一口沒一口地咬著。

黑小子幫他揉著太陽穴，剛靠近時，丁旭僵住了身體，發覺到只是要按摩才又慢慢地放鬆下來。

丁浩看著他剛醒過來的樣子，覺得很有趣，跟他主動搭話：

「丁旭，你高中要去讀哪裡啊？噯，對了，你還沒告訴我你家地址呢，以後我想要去找你才知道要去哪裡找吧？有電話嗎？留個號碼吧……」

丁浩在心裡想幫李盛東，問的都是李盛東想知道的。當然，他也不想跟丁旭失去聯繫，以後還要多互相幫助呢。

丁旭對待朋友的友好充分體現了出來，對於丁浩一連串的提問，竟然都一一回答了，「我去市立高中，住在爺爺那裡，離得比較近。電話號碼不方便給，家裡人多，你要找我，去學校就可以了。」丁旭吞下麵包，是紅豆的，甜到有些膩，皺著眉頭把剩下的塞到肖良文嘴裡。他口味偏清淡，而且沒睡好，也不怎麼想吃東西。

黑小子就著他的手，三兩口就吃進去了，眼睛一直看著丁旭沒離開。

丁浩覺得，要是丁旭餵他吃石灰，他能毫不眨眼地吞進去，眼神在兩個人身上轉了幾圈，倒也沒點破，丁浩對李盛東的未來滿是憂慮。先不說丁旭跟肖良文的感情好，只能說李盛東那孫子運氣太背了，他前腳剛轉學回鎮上，人家丁旭後腳就去了市裡。

唉，一看就是無緣無分啊。

丁浩摸摸下巴，決定等幾個月再告訴李盛東。他屁股上被仙人掌紮的傷疤還沒完全好，挑刺的記憶太深刻，他不得不記恨。

丁旭要自己坐一會兒，黑小子想攔著又不敢使勁阻擋，但丁旭動了兩下都無法下來，抬頭問他，「你不累？」

黑小子立刻放鬆了表情，伸手把他抱回原位，「不累。」他從聲音裡聽出丁旭已經不生氣了，只是單純地在關心自己，抱著他的手也不客氣地放在他的腰上。

丁旭也不管他了，以肖良文的體力，他這樣坐一整路大概都不會腿麻吧？想一想就放寬心了。

丁浩看著他一臉平靜地坐在黑小子的腿上，繼續跟他找話聊，「丁旭，你怎麼混得這麼慘啊？」這死小孩太直接了，一開口就問了最扎心的話。

丁旭的嘴角抽了抽，還是忍不住回他一句，「你就混得好了？上次連五百塊都沒有。」黑小子在後面笑了一聲，丁旭這次是真的交到朋友了，從來沒見過丁旭這樣跟人說話。

丁浩摸了摸鼻子，「我也有手頭緊的時候啊。」

丁旭往後靠了一下，黑小子立刻換了姿勢配合，讓他坐得舒服一些。「你不會去做些非法勾當？這個是你最拿手的吧？」丁旭的語氣倒是很溫和。他完全是在提醒丁浩，一點諷刺的意思都沒有。他剛認識丁浩的時候，丁浩最拿手的的確是這些。

但偏偏就是這樣的陳述句，讓丁浩難得臉紅了，「丁旭，我都改過了，你怎麼還這麼說我呢……我現在可是四好公民，那些事我不幹。」

丁旭看著他，像在確定丁浩話語中的真假，有點遲疑地問：「那樣賺，錢來得最快吧？你隨便用用白斌家的關係，想弄點錢不成問題。」想了想，又補充一句，「也不一定都是違法犯紀的事。」

丁旭說的這番話是有根據的，這時候不能說遍地是黃金，但是品牌意識還沒有開始，在電視臺隨便播幾個廣告，就肯定可以取得輝煌的業績。像是幾年後的秦池酒業，如果丁浩把握好手頭的資源，單純想做些事業的話並不會很難。

丁浩也知道他要說什麼，若是以前的話，他絕對會動心，但是現在不同了，白斌這顆大樹已經足夠高大，他不想再當出風頭的那個。當年白斌的家人可以接受他，不代表現在也可以毫無壓力地接受，他需要為自己做好足夠的準備。但是過猶不及，與白斌並肩的條件並不一定是也要長成參天大樹。

保護好自己，才能更好地保護白斌，丁浩一直很清楚自己的定位。他可以利用這幾年，但不代表以後也會順利。從本質上來說，丁浩生性散漫，並不會那麼嚴格地要求自己，他也沒有那麼強的能力，與其創建之後守護不住，不如做點自己能辦到的事。

「丁旭啊，其實我這個人真的不貪心，我也不覺得自己有多大的本事能成氣候，我只是想……」丁浩笑了，自己摸了摸鼻子，把想說的話藏起來，換了一句比較含蓄的，「就是想讓大家更好一點。」

丁旭喔了一聲，對他的解釋有點意外，不過馬上就懂了，「多讀點書就是不錯，你看，思想境界馬上就不一樣了。」

丁浩被他氣笑了，「你怎麼這樣說話啊，太直白了吧？你就不能說我隨著時間的增長，越來越成熟，有內涵、有氣度什麼的？丁旭，我跟你說啊，你可以侮辱我的人格，但你不能侮辱我的智慧啊！」

白露一上車就聽到丁浩的這番話，手一抖，差點讓話梅掉到地上去，看著丁浩像在看四害一樣。丁浩你還敢再說肉麻點、再噁心一點嗎……小女生覺得丁浩應該去跟王婆賣瓜，這自賣自誇的勁頭無人可擋啊！

白斌在後面也聽見了，對這番話倒是報以寬容一笑，竟然跟著點了點頭。丁浩剛想得意一番，就聽見白斌轉頭跟丁旭說了一句，「滿吵鬧的吧？給你添麻煩了。」

丁浩剛豎起來的小耳朵立刻垂下去了，白斌坐在後面跟肖良文一樣，把丁浩往身邊帶。丁浩不願意，扭著身體又離開一點，白斌在後面悄悄將手伸進他的T恤裡後，丁浩感覺到腰間手掌的溫度，立刻就不動了。白斌對小孩的聽話很滿意，「這樣才乖。」

這些小動作很隱蔽，丁旭只看到丁浩忽然變老實了，也沒注意到白斌的舉動，幾個人在車上等司機回來。

丁旭跟丁浩閒聊了幾句，偶爾白露也會插上一句，她對丁浩的糗事一清二楚，車上的氣氛很活躍。白家兄妹都是很和氣的人，對待朋友熱情周到，白斌對待丁浩更是無微不至。

丁旭看著他們兩個的幾個互動，漸漸明白丁浩之前那句「更好一點」的意思。

丁浩其實是……為了這個人吧？

丁浩心裡有些想法，想跟去丁旭家認認路，直接讓司機把他們都送到了白斌家。白斌之前的吉普車還在，丁浩換了車就要送丁旭跟肖良文回去。

白露也想跟去，被司機連哄帶騙地留在車上了。他過來之前，首長有說，下午四點前必須見到白露，眼看只剩下半小時，他哪敢讓白露亂跑啊。而白露跟丁旭不熟，也不好意思一直要求，磨蹭一會兒後還是回家了。

白斌怕丁旭急著回家，只把帶回來的東西匆匆地放在門口，交給吳阿姨，拿了車鑰匙就要送他們。丁浩更怕丁旭不讓他去，熱情主動地幫他搬行李。丁旭連忙攔住他，委婉地表示他們可以自己回去：「白斌，你們一路上也辛苦了，不如留下來休息吧？」

丁浩當然不肯，拿過他手裡的背包就放在後座上，笑呵呵地讓他不要客氣，「白斌在路上睡過了，他不睏，來來來，快上車吧，你家人要著急了！」

丁旭沒辦法，只能說了地址，讓他們送，「那麻煩你們了。」

丁浩見到目的達成，笑得更開心了，還一路跟丁旭套近乎。

「不麻煩。噯，丁旭，你們家有誰啊？住在那裡的好像是XX署的吧？」丁浩對本城的事還是很了解，一說社區，就差不多知道具體的部門單位。

丁旭也沒瞞他，「是，我爺爺在那裡。」

丁浩很感興趣，那個單位以前聽過，但是很少接觸。

「我聽說署裡的薪水特別高，一般都有外面的兩三倍吧？」他乾脆回頭跟丁旭說話，「年終獎金有多少啊？」這死小孩真的一點都不忌諱，想問什麼都問了。

丁旭說了個數字，這次連白斌都有些驚訝，「都是普通人半年的薪水了，福利真好。」

下午路上的車不是很多，很順利就到了丁旭說的那個地方，尚良文一手一個行李，都拿走了。丁浩看了看，小聲問丁旭：

「你跟你爺爺說了？不方便的話，讓尚良文住我那裡也行。」白斌家一樓全空著，根本就沒人住，遇到他跟白斌回鎮上看丁奶奶的時候，更是只有吳阿姨一個人。

丁旭搖搖頭，「只有說同學要來一段時間，開學就好了。我這次回去也是要幫尚良文弄學籍的事，他到時候會跟我一起去學校。」

丁浩也不再多說什麼，把家裡的電話跟手機號碼都留給他，「有事打電話給我們吧，別跟我客氣啊。」

丁旭笑了，把寫著號碼的紙條收起來，「好。」

丁浩趴在車窗上，也對他笑了，揮手跟他告別。剛發動車子準備掉頭回去，就看見丁旭追過來在車窗上敲了兩下。丁浩很高興，放下車窗問他：「怎麼，這麼快就來找我了啊？又想起什麼事來了？」

丁旭點了點頭，他還真的想起了一件事。原本只是知道消息，不準備做什麼，不過如今放著丁浩這麼好的條件，不用倒是有點可惜了。白斌對丁浩這麼有求必應，成功率很高。

「丁浩，如果徵用這種掛牌的軍用車，你能弄到多少輛？」

丁浩想了想，「得看車款，吉普車是能弄到四五輛。」

那時候軍牌管得不是很嚴，市政上也有偷弄一兩輛車來用的，白斌這輛就是，再跟丁遠邊說一下，應該能多借到幾輛。

丁旭又問，「那大車呢？」

丁浩愣了一下，「你說軍用卡車？」看到丁旭點了頭，丁浩有點猶豫，回頭去看白斌。

軍用卡車這玩意兒不好弄，白老爺子跟部隊的關係很熟，或者跟白露她爸打招呼，從後勤應該能弄到幾輛。白斌只是略微沉吟，立刻做出回答，「應該也能弄到，就是有點麻煩，怎麼，你要用車？」

「不，我們合作吧。」丁旭稍微整理了一下思路，開口跟他解釋：「每年查繳的走私物品有一部分是要拿去拍賣的，你知道吧？」見到白斌點了頭，又繼續說，「我知道有批貨不用本錢，開車去拉回來就可以賣。」

丁浩眨了眨眼，「還有這種好事？」

丁旭笑了，「也不是這麼簡單，要有軍車才好辦，不然一路上也有你好受的。」

一層層關卡都很嚴，如果沒有特權，一路上各種名目的罰款也是不小的數字，雖說不至於賠本，但也確實賺不到多少。

丁浩還是很信任他的，況且丁旭的爺爺就是署裡的人，聽到丁旭這樣說，更覺得是個好機會，這種白撿的便宜，誰不要誰就是傻瓜。不過看到丁旭臉色不好，又在太陽下曬出一層薄汗，還是決定先讓他回去休息。

「賺錢不著急，這件事應該可以，你先回去休息吧，我們改天約個時間，坐下來好好商量一下。」

「那我晚上打電話給你。」丁旭也覺得現在不是說話的好時機，不過還是加了一句，「車的事最好是儘快，貨物有時間限制，放不久。」

丁浩點頭答應，跟著白斌回去。

兩人到家的時候，吳阿姨已經做好了飯，丁浩倒是鼻子很尖，先聞到鍋裡燉湯的香氣。

「好香，是海帶排骨湯吧？」

吳阿姨笑了，「就你鼻子靈，這樣都能聞出來。我就知道你們回來的時候肯定會錯過吃飯時間，都燉一整天了。」

兩人先去洗澡，坐下的時候，湯也盛好了，兩個小白瓷碗放在那裡，飄著零星的油花。因為海帶是提前蒸過的，吃起來脆嫩可口，排骨燉得很久，肉爛骨酥，連骨頭都能咬斷，丁浩吃得很開心。

雖說中午在車上也吃了東西填肚子，但還是忍不住多吃了一些。湯確實燉得不錯，白斌都喝了兩碗，丁浩啃了一桌子的骨頭，也飽了，幸福地捧著肚子直感嘆：「還是家裡好啊！」他還真的把這裡當成自己家了，說出來也不覺得不好意思。

白斌滿愛聽他說這種話的，用紙巾幫他擦乾淨油膩膩的手，「想吃下次再做。」

兩人幫吳阿姨收拾了一下，就去樓上整理帶回來的東西。送人的東西都分類收拾好了，給吳阿姨的是一件有奔騰駿馬的小石雕，說是什麼礦石，雕刻出來倒是別緻好看，寓意是馬到功成。吳阿姨的兒子正在考學校，送給她正好。

吳阿姨看到丁浩送的小禮物很是感動，拿著看了又看，「浩浩，謝謝你們啊，還帶禮物回來，真漂亮！」

丁浩跟吳阿姨客氣幾句時，聽到客廳裡的電話響了，直接站在一樓抬頭，對樓上喊：「電話——！」他懶得上去，白斌家的樓上樓下不是同一支電話，兩個號碼會分開響。

白斌下來接了電話，但很快就轉手遞給丁浩，「丁旭打來的，說要找你。」

丁浩猜是為了之前那個拍賣貨物的事，接過來一聽，果然是。丁旭說話很流利，幾句話就解釋清楚了。不用錢的那批貨是冷凍食品，具體還沒問是什麼，因為食品有保存期限，也難怪他會這麼急著要丁浩找車了。

丁浩還有點疑惑，「這不用辦什麼手續嗎？」就這樣白拿，他有點不習慣。

丁旭在那邊笑了，又詳細地跟丁浩解釋了一下。具體手續到時候他會去辦，不過這跟平時的拍賣物品不一樣，因為是積壓貨，所以相對會寬鬆一些。丁旭用一句話做總結，『你只要去拿就行了，說不定他們還會感謝你。』

丁浩暈了，白給還感謝？

丁旭那邊確認了一下資料，估計是百十噸的貨物，『這樣至少要五輛卡車，一個星期能找到車嗎？我陪你們去一趟，直接到臨市港口拿貨就可以了。』

丁浩點了點頭，又想到這是打電話，丁旭看不見，連忙回應一聲，「啊，應該能，找不找得到都會提前跟你聯繫，直接去你爺爺家那裡就能找到你吧？」

丁旭答應得很爽快，『對，暑假期間要找我可以打這個號碼。』

丁浩暈暈乎乎地掛了電話，還是覺得有點蹊蹺，「白斌，你覺得有白給東西，還跟你說謝謝的人嗎？丁旭這次弄的是不是真的啊？」這死小孩有點想不通，「他是知道了李盛東的事，存心來玩弄我的吧？」

白斌在他額頭上彈了一下，笑道：「不過是幾輛車，就當作組團去旅遊，也沒多遠，當天就回來了。」拉著丁浩的手就上樓，「你不是說買了佛珠什麼的要給奶奶，先把那些東西送去給奶奶吧？」

丁浩喔了一聲，「對，要送過去，我去打電話給奶奶，說明天過去看她。」

白斌想了想，「那我明天先送你過去，然後去找車，丁旭說要五輛是吧？」看到丁浩還愁眉苦臉的，在他臉上捏了一下，在樓梯的死角又親了一口，安慰他，「反正是白送的，就算沒成功也沒什麼，別想那麼多。」

丁浩揪著他的衣襟踮腳往外看，青天白日的，吳阿姨還在家耶！

白斌被他東張西望的表情逗笑了，又低下頭親他，這次親的是嘴巴，看到丁浩不敢出聲的模樣忍不住多欺負了一會兒，直到小孩抗議了才放開他。

白斌揉了揉他的腦袋，笑道：「別擔心，有我在。」

◇

白斌的辦事效率果然很快，丁浩剛去看完丁奶奶，傍晚來接人的時候就已經聯繫好了車輛。因為丁旭之前說過數量，所以只先找了五輛車過來，清一色的綠色大傢伙，連開車的都是穿軍裝的。丁浩聽到後有點驚訝，「這麼快，那提前跟丁旭說一聲吧？」

白斌點頭答應了，「明天再跟他說，這半個月內都可以用。」

因為白斌是開車來的，丁奶奶不放心讓兩個孩子晚上自己回去，非要丁浩跟白斌留下來住一晚。白斌心想，回去也沒事，又看到丁浩也願意留下來，就拔下車鑰匙，跟丁奶奶進去了，「那就麻煩您了。」

安排給白斌住的還是丁浩隔壁的房間，因為他們出去的這段時間是請張陽媽媽代為照顧丁奶奶，房間裡東西的擺放位置有些不同。雖然換了床單被子，白斌總是有些不習慣，坐了一會兒，乾脆就去丁浩的房間。

丁浩剛洗完澡，看到他推門進來還在疑惑，平常這個時間白斌也該睡了，更何況他跑前跑後地忙了一整天。「怎麼了？」

白斌走過去，直接躺在丁浩床上，這才舒了口氣，「好累。」他又抓起丁浩的夏涼被蓋在自己身上，往裡面蹭了蹭就要睡覺。

丁浩被他弄笑了，扔下擦頭髮的毛巾，把白斌往裡面推，「別壓到蚊帳的角啊，有一隻飛進來，我們晚上都別想睡了！」

白斌翻了個身，在裡面躺平後，看到丁浩關了燈走來，悉悉索索地塞好了四周的蚊帳，覺得小孩忙碌的背影真好，伸手就能抓住的感覺也真好。這麼想著，就在後面抱住了丁浩的腰，貼著他蹭了蹭，「浩浩……」

丁浩只覺得他是在催促自己，「好了好了，馬上就睡。」躺下去才發現床上只有一個枕頭，氣得拍了一下額頭，「豬腦袋！忘了去拿枕頭，好吧，蚊帳白弄了！」伸手掰開從後面抱住自己的手臂，卻無法弄開，後面的人呼吸均勻，像是睡著了。

「白斌？你睡著啦？」

「嗯。」

嗯你個頭，丁浩用後腦勺撞了他一下，「放手，我去拿枕頭。」

後面的人不聽，抱著他繼續裝睡，「我睡了。」

一個枕頭有點擠，兩個人貼得更近了，因此丁浩換了一個姿勢。這樣的小動作被白斌允許了，手臂鬆開了一下，等他轉過來立刻又抱住，這次在丁浩臉上蹭了蹭，嘴唇滑過臉頰，又輕吻了一下。

丁浩在他下巴上咬了一口，試著磨磨牙，但是想到明天要出門，還是忍下了報復心，沒留下印記。

這樣的輕咬有點癢，讓白斌笑了，揉揉丁浩的腦袋後往自己懷裡帶，「好了，別鬧了，真的想睡了。」

究、究竟是誰在鬧啊！丁浩憤憤地想了半宿，在心裡輪番演繹了幾種報復手段一遍。想著想著，眼皮就變沉了，聽到旁邊那個人睡熟了的呼吸聲，也不知道什麼時候一起睡著了。

早上醒來的時候，白斌還在睡。丁浩從枕頭底下掏出他的手錶，揉揉眼睛看了一下，剛過六點。丁浩覺得脖子後面被吹得很癢，回頭一看就笑了。

唯一的被子早就被丟到一旁，兩個人爭了大半夜的結果，是誰也沒蓋到。他剛才是睡在白斌的手臂上，而白斌側著身子睡，臉上還有竹製涼席壓出來的一道道印子，看起來很好笑。

窗臺上傳來一陣振翅聲，丁浩抬頭看了一眼，原來是九官鳥豆豆。

小東西在這段時間很得丁奶奶的歡心，又聽話乖巧，丁奶奶平時都不鎖鳥籠，讓牠自己出來飛一會兒。九官鳥膽小，平常只敢在院子裡玩。如今正歪著頭，從紗窗往裡面看著丁浩，看到丁浩也看見自己了，又高興地拍了兩下翅膀就要叫。

丁浩連忙對牠噓了一聲，這小東西不知道聽懂了沒，收回翅膀後也沒叫喚，只是在窗臺上一跳一跳地來回踱步，偶爾低頭啄一下什麼。

丁浩難得比白斌早起一次，仔細看了一會兒白斌睡著的樣子。頭髮略微遮住閉著的眼睛，睫毛垂著，再加上臉上難得出現的竹製涼席印記，把平時的氣勢抹消得全無，這樣看，倒像個陽光大男孩。

九官鳥又開始拍翅膀了，這次對窗戶啄了兩下，不懂丁浩怎麼不出來餵牠吃東西。丁奶奶平時醒了都會餵食，九官鳥很不滿意。

丁浩怕牠再這樣啄下去會吵醒白斌，乾脆幫白斌蓋好夏涼被，起來去餵豆豆。

幾天不見，小東西的脾氣見長，只是耽誤了一下子進食時間，被丁浩餵食的時候就一副「我就勉為其難地吃吃看」的樣子。丁浩看著那隻低頭在飼料杯裡挑三揀四的九官鳥，又切了一段新鮮的黃瓜給牠，「你可真是個小大爺！」

正在餵九官鳥時，丁奶奶出來了。老人早上會去練一會兒太極劍，正拿著東西要過去，看見丁浩也起來了，很高興，「浩浩啊，這麼早就起來了？不多睡一會兒？」

丁浩還沒回答，在旁邊吃東西的九官鳥先抬頭搶答，「奶奶——」

丁奶奶笑了，也趕緊慰問一下：「喲，豆豆也起來了啊，真好！早起才是乖孩子！」

九官鳥被誇獎很高興，小爪子抓著牠的那塊黃瓜在籠子裡亂跳。

丁浩也笑了，「就你話多！」

看到丁奶奶要出門，他也不逗九官鳥了，幫忙拿過鐵劍，「奶奶，我陪您一起去吧，正好去買點早點回來。」

丁奶奶自然是答應了，但看到只有丁浩一個人，又問了一句，「白斌呢？」

丁浩對屋裡努努嘴，「還在睡呢。」

丁奶奶有點驚訝，「這孩子昨天滿累的吧？這次難得比你晚起。」

祖孫倆的思路一樣，丁浩早起不正常，白斌睡到天全亮也不正常。

丁浩也不跟丁奶奶說那些操心的事，只哄她，「這幾天他事情很多，是滿忙的。奶奶，要鎖門嗎？」

丁奶奶擺了擺手，鎮上都是鄰里熟人，不用鎖門也不會丟東西，「插上去就好了。噯，浩浩啊，我看白斌是個好孩子，還真有本事，才剛上高中就會自己開車了，要不然你也學一下吧？」

丁浩對坐車沒什麼心理陰影，自己開車還有一點不自在，晃了晃睡到有點落枕的脖子，對丁奶奶打哈哈，「再說吧，我不是還小嗎……」

丁奶奶立刻贊同，「對，浩浩過幾年再學吧，別累到。」這完全是溺愛的心理，絲毫看不見孫子比自己還高的身高。

祖孫倆出去晃了一圈回來後，丁浩提了幾個炸油圈和豆漿，家裡還有昨天剩的油條，丁奶奶回去炒一下，加點青菜、肉丁一翻就可以盛盤了，也很好吃。正想著，就看見丁奶奶家門口大開，兩人愣了一下，這一大清早的，有誰會來啊？

丁浩在路上跟丁奶奶說了一大堆獨居的壞處，他本來是想聘請一個專職看護、保姆什麼的來照顧老人，但說太多的壞處就是一看見大門敞開著，首先想到的是入室搶劫。丁浩立刻搶先一步進去，還回頭囑咐丁奶奶，「您在門口先別進去，不，您站遠一點，我去看看，希望別是小偷……」

丁奶奶聽丁浩嘟囔了一路，本來就有點相信，聽見他這麼說也有點緊張，「浩浩，你進去看一眼就趕快出來，家裡也沒什麼值錢的，別受傷啊！」

丁浩把手裡的早點交給丁奶奶，輕手輕腳地進去，剛打開客廳門，就跟走出來的撞在一起，「哎喲！！」

聽到聲音是個女的，抬頭一看，果然是個長得清秀可人的小女生，但是一張開嘴就不行了。

「丁浩，你走路沒聲音啊？幹嘛突然進來！」

丁浩看見她心情也不好，立刻頂回去：「張蒙，妳是沒長手還是後面拖著尾巴？進來也不關大門！」

張蒙抱怨了幾句，忽然停下，「咦？不對，你在這裡，那你床上的是誰啊？」張蒙眼睛轉了轉，立刻又要往回跑，「我去看看！」

丁浩揪著她的衣領就往外面扯，把她推到大門外，彎腰在她耳邊咬牙低喊：「我床上的是誰還要妳管？管好妳自己，別他媽沒事找事！」

張蒙被推到了大門口，還不死心，「你是不是帶女朋友來了？我要去告訴奶奶……」

「蒙蒙，妳要告訴我什麼啊？」

丁奶奶被丁浩囑咐站遠一點，真的就離大門口滿遠的。如今看見張蒙跟丁浩出來，也就放心地湊過來，正好聽見張蒙的最後一句「告訴奶奶」，老人很疑惑，是要告訴她什麼啊？

丁浩放開張蒙的衣領，笑出一口白牙：

「說啊，張蒙，我們誰都別隱瞞，都告訴奶奶吧？要不然這樣，我先說！奶奶，我不是前幾天去了一趟S市嗎？您猜我見到誰了……」

「丁浩！！」

張蒙的臉都白了，要是被丁奶奶知道這件事，再告訴她媽，估計會把她打到殘廢。

張蒙喊住丁浩，勉強地對他笑了笑，「你看見老同學的事也不用告訴奶奶吧？」張蒙接過丁奶奶手裡的早點，挽住丁奶奶的手臂往廚房走，「我前幾天也看到了一個老同學，奶奶，您說巧不巧，我同學也認識丁浩呢……」張蒙回頭對丁浩使了個眼色，屋內的廚房是單獨隔開的，這是要給丁浩時間，讓他收拾爛攤子。

丁浩也不感激她，轉頭就走了。這種人只能降住了七分，而你越是禮讓三分，她就會得寸進尺！

走進房間時，白斌裹著夏涼被，已經醒了，因為剛起來，嗓子還有點沙啞，「浩浩？」

丁浩過去掀開蚊帳，看到白斌忽然有點悶悶的，只嗯了一聲當作回答。

白斌坐起來摸了摸他的腦袋，「剛才張蒙來過了。」

丁浩坐在那裡沒說話，白斌的手勁很輕，他卻覺得有點燙手，想要躲開但又捨不得。

白斌看著他，聲音放得很輕，「她以為我是你。」

丁浩又嗯了一聲，這次喉嚨有點堵住。白斌也聽出來了，抬起他的臉來看，「怎麼了？她欺負你了？」

丁浩使勁搖頭，嘟囔了一句，「沒，我欺負她了！」

白斌笑了，居然獎勵似的拍了拍他的腦袋，「多好啊，沒吃虧就好。」

丁浩想笑，嘴角挑了挑還是沒笑出來，「白斌，我……」

看著白斌的眼神，解釋的話忽然就說不出口了。丁浩吸了口氣，伸手抱住他，趴在他肩膀上蹭了蹭。

丁奶奶身體不好，他不敢冒險讓老人知道，一點風險都不敢冒，對不起，他是膽小鬼。

對不起，現在還不能告訴別人。

◇

丁旭很欣賞白斌的辦事效率，隔天就收拾好了，先帶丁浩他們去辦交接的相關手續，司機和保鏢由白斌跟肖良文兼職。由於丁旭認識路，就坐在副駕駛座負責指引。

肖良文和丁浩坐在後面，黑小子不愛說話，丁浩也悶悶地，不怎麼活躍。他昨天跟白斌道歉之後就一直是這樣，兩人之間似乎有點隔閡，丁浩歪著頭看窗外，不知道在想什麼。

白斌和丁旭倒是一直在交談，問了一些相關情況。

「你說那批冷凍肉是運往J國，檢驗不合格後退還的？」白斌的消息比較靈通，再加上J國的那些歷史原因，也就不難想出原因，「這段時間是管得比較嚴。」不見得是產品不合格，兩邊互相牽制才是真的。

白斌說得很含蓄，丁旭倒也聽懂了，「是啊，都在互相報復。」

因為與J國的對外貿易不愉快，前段時間特地弄了個報復性關稅，稅率一度高到加收百分之一百，丁旭想到這點就笑了，「看看，上面行動起來，報復心比丁浩狠多了。」

白斌只是笑了一下，很快就轉移話題，「冷凍肉放久了不會壞嗎？」

丁旭搖了搖頭，「不會，一路上都有特定的冷凍集裝箱，一路通電、保持低溫。」看見白斌有點不理解，就跟他詳細解釋，「海運的時間比較長，都會提前做好相應準備，不會壞的，我問過了，一般冷凍肉能放一年多。」

白斌點了點頭，他之前查了一下丁旭這個人，丁旭的爺爺和父母都是從事這些的，也難怪丁旭會懂。

「你為什麼不讀官校？這樣比較容易『接班』。」

白斌難得開了一次玩笑，可是丁旭卻一點都笑不出來，「我去那裡沒用。」

白斌沒有多問，丁旭的語氣明顯有些低落，這涉及到別人的私事，他一向尊重人，從不強求。白斌從後視鏡裡看了一眼還在發呆的小孩，嘆了口氣。

不主動強求嗎……還是等丁浩來跟他說好了。

因為是臨市，不到兩個鐘頭的時間很快就到了。丁旭對手續辦理很熟悉，而且看起來也跟裡面的人認識，署裡的人熱情地將白斌他們留在休息室等候。

「一路上累了吧？先坐著等一下，丁旭辦事俐落，很快就會回來了，倒是省得我們也跟著跑一趟。」

留下來負責招待的一個小官員熱情地幫他們倒茶，「你們終於來了，我們都要擔心死了！」

丁浩恢復了一點精神，他會說話，臉皮又厚，沒兩句就從小官員的嘴裡問出自己想聽的話。

「唉，你們也知道J國的要求一直很多，這次的檢疫標準是他們自己弄的，挑了一堆毛病，硬要說食品不合格！國際上都認證了，難道他們吃了就會被毒死還是怎樣嗎！」

丁浩跟著點頭，「就是啊！太過分了！」

小官員對丁浩這句話很認同，立刻對他詳細解說一遍他們的不容易，恨不得字字血淚。

「被退還後，還沒做第二次檢疫，剛過了地磅就發現跟原本報關單上的資料不符……」簡單來說，這間公司逃稅了。「讓他補交稅款，人家直接就放棄了，把這個攤子扔在這裡，讓我們很難辦啊！」

這裡要解釋一下，事後發現的逃稅要追納稅款，這本來是一件容易的事，但是問題就出在貨物本身。冷凍肉需要特定的冷凍箱運輸，一路上通電保持低溫。一個集裝箱至少有二十五噸，租四五個箱子送過去，在海上一來一回就會花掉三個月。

國內的企業也是省錢過日子的人，算了算這幾個月的電費。好吧，這點東西除去補稅款的錢都不夠付電費，乾脆就不要了，直接放棄了這批貨。

那邊放棄得乾脆，署裡就受罪了。

「這一批冷凍肉扔在我們這裡，我們想拍賣找人接收的話，要到哪裡去找能吃這麼多冷凍肉的人啊？先不說這種東西本身就有保鮮期，光是一直通電的冷凍箱就夠煩人了，這玩意兒的一天費用，都快等於我們一年的薪水了，你還不能關，關了當天就會壞。」小官員一臉苦悶，他們包括司機，也不超過十幾個人，這百十噸的冷凍肉夠他們啃半個世紀了。

白斌試著問了一句：「不能處理？」

沒過期的肉類拿去送的話，還是會有人要的吧？他看了一眼對面坐著的丁浩，對方果然感興趣地接續話題，「是啊，你們送人都不行？」

這孩子始終對白白得來的東西保持著一定的警惕心，雖然受到了熱情的接待，還是有些疑慮。

而小官員都快哭了，「我們倒是想送人，但是一送就是百十噸的，沒人吞得下。」

臨市是個小城市，只是靠近港口，運輸較為發達，當地的企業也是以化工煉化為主，這些東西想要就地解決還真是不容易。

「當初也想處理，我們出了七八個壯漢，打算搬去銷毀，但是哪銷毀得了啊！快上百噸的冰凍肉，放在哪裡都占地方。」小官員喝了一口水，繼續訴苦，「要埋掉，市政府不肯答應，如今都在搞開發，誰捨得給你一大塊地埋垃圾啊！想找個空地燒掉，環保局那幫人早就摩拳擦掌地盯上了，就等著你燒。你前腳燒了，後腳罰款就會跟過來，估計數目還不小，我看見他們局長特意過來看了兩次。」

丁浩笑了，「是要他們來好好盯住現場吧？估計您一燒，他們這個月的獎金就有著落了！」

小官員嘆了口氣，「就是啊！我們哪敢燒啊，就想找個月黑風高的夜晚扔到海裡去，也算是造福海洋生物了！但是人家漁業局、海事處聯名發函，說『不許破壞大自然生態平衡，嚴厲查緝，絕不手軟』！」

丁浩聽到條文，差點一口茶噴出來，這個部門還真不容易！

「我們煩惱了半天，最後拉了回來，一直通著電。不通電不行啊，要是壞了、臭了，環保局聞到味道就會過來了。就這樣搞個幾次，運費也夠我們受的了。」小官員最後感嘆了一句，「幸好你們來了！快點，都弄走吧，都弄走！」

別說集裝箱的租賃費，光這個月的電費都成了天文數字，百十噸的東西天天二十四小時開著冷凍箱，這誰受得了啊！

丁浩聽懂了。說了半天，總結成一句話就是，如今只要有人要，有人帶車來弄走，署裡就熱淚盈眶了。

丁旭辦手續的速度很快，交接完成就讓白斌去聯繫車隊。署裡對他們的舉動大力支持，甚至主動借了原本的冷凍集裝箱給他們。當初租的時候是企業支付的，交了三個月的租金還沒到期，正好夠他們送回去。

丁旭算了一下成本，等回去處理完貨物，租借的時間有點不夠，所以跟丁浩說，「要不然續租一段時間吧？這筆錢可以等賣完再交。」

丁浩自然是答應了，不過，也對丁旭產生了一點私人的小疑問。

他當初認識丁旭的時候，這個人好像是搞工程方面的吧？但是看他這樣跑前跑後的，似乎對署裡的事很熱衷啊。想了想，還是沒問，他重生一次就變成了三好學生、四好青年，人家丁旭完全可以再次選擇自己的職業。

丁浩開始隱隱盼望著下次合作的機會到來。不過，他好像忘了什麼重要的事情……

丁浩托著下巴想了一會兒，還沒想到就聽見白斌說：

「剛才跟車隊聯繫好了，明天早上開始往回運，我們今天先住在這裡，我訂了賓館。」

丁浩腦子裡緊繃著的那根弦嗡嗡地響了一聲。抬頭看了一眼白斌，他果然也在看著他。

「臨時訂得太倉促了，只有兩人的標準房間，先擠一下吧。」

◇

丁浩跪在床上，被白斌從後面抱住，下面也連為一體。

白斌的動作不大，卻固執地深入。雖然之前做了潤滑，丁浩還是害怕地想往前躲，後面被強行開拓的感覺並不好受。

腰被結實的手臂抱住了，果斷地將他扯回來。丁浩只覺得後面那裡也猛然被塞進一截，

被火熱填滿的感覺讓他有些害怕，在白斌身下悶悶地哼了一聲，手裡用力抓著的床單也皺成了一團。

「唔——」

兩個人從走進房間就沒有開口說話，不知怎麼就變成了這幅局面。

丁浩能感覺到白斌在自己的體內進出，含住那東西的地方也忍不住輕微地顫抖著，並不會痛，只是還不習慣被這樣徹底貫穿。

後面那裡被一點一點地撐開，黏膩的潤滑劑順著股溝，慢慢流到了大腿內側。

白斌挺腰在他體內抽插，發出的聲音也格外清晰，撞擊到體內的硬物不像以往一樣溫柔研磨，倒像是在故意鞭打，從後方傳來的「啪啪」聲一下比一下重。

丁浩忍不住抬起手，摸上摟在自己腰間的手臂。

「白斌……不要了……唔……」

稍微扭動一下，立刻感覺到體內的東西略作停頓，接著又加快了速度，比之前更快地頂入抽插著，肉體撞擊聲連續不斷。

被入侵的地方也被摩擦到火熱、發脹，有些奇怪的感覺漸漸從體內升起，丁浩吸了一口氣，想要再開口，卻被頂到變成了呻吟。

「啊啊……你別再……嗯唔！！！」

白斌環在他腰上的手伸到下面，握住他抬頭的青澀，也開始揉搓。跟後面的大力撞擊不同，手上的力道溫和許多，帶著如往日一般的寵愛，體貼周到地照顧著。

丁浩被這樣的溫柔打破了防線，轉頭去尋找白斌的唇，「白斌，白……斌……」

除了這個名字，丁浩想不到其他的了，一遍遍地喊著。額頭上的汗珠滴落在睫毛上，幾乎讓人以為他哭了。

白斌伏下身去親吻他，卻在丁浩回吻的時候退了回去。欲望緩慢地在熱穴內頂著，偶爾滑過丁浩體內敏感的一點。

「好了，現在告訴我，又在跟我鬧什麼彆扭了？」這樣的動作果然比懲罰還有效，白斌看到小孩從脖子一直紅到背後，低頭從後面咬住他的耳朵，「從昨天就不肯跟我說話，總是有原因的吧？」

「沒有，是我、我……自己的事……對不起。」

丁浩的耳朵最怕癢，被白斌叼在嘴裡說話，更是渾身都忍不住顫抖起來，連下面都在不停微微收縮。

白斌被這樣體貼地撫慰，吸了一口氣，控制不住本能地大力挺入幾下，立刻聽到丁浩的求饒聲，「唔啊！不要再頂那裡了……啊……」

在懲罰中詢問的確是一件辛苦的事情，白斌第一次實踐，無法做到完美，等到把熱液注入小孩體內才稍微清醒一些。白斌從美妙的雲端甦醒，就著插入的姿勢，一邊繼續感受著裡面濕熱柔軟的蠕動，一邊開始檢討自己，或許下次應該提前問話，這麼熱情的誘惑他確實無法抵擋。

他趴在小孩的身上不肯起來，還是很在意丁浩之前的態度。在他脖頸上蹭了兩下，接著咬住他的耳朵，繼續問之前的問題，「浩浩，告訴我，到底哪裡出了問題？」

丁浩被吞入的耳尖紅得快要滴血，話也說得斷斷續續。

「因為我不能告訴奶奶我們的事……」

白斌吐出小孩的耳朵，在他耳根後面的肌膚上親了一口，「小傻瓜，我不是也沒告訴我的家人嗎？」

想到丁浩之前的表現，白斌的心情頓時愉快起來。這表示他家小孩在內疚？因為無法表達歉意就躲起來不敢跟他說話，還真是可愛。

白斌笑了，又在丁浩的耳朵上親了一口，「不要著急啊，以後……」

「以後也不能告訴奶奶，也許，就連把你介紹給我的家人，我都不敢保證能做到……」丁浩趴在床上，臉都快埋進被子裡了，聲音悶悶的，「白斌，你別太寵我，如果你要的，我給不起怎麼辦？」

當張蒙差點發現兩人共處的那一刻，丁浩心裡首先閃過的，居然是丁奶奶知道後受到刺激，昏倒過去的場面……

丁浩心裡一揪一揪地疼，他捨不得白斌，但也捨不得奶奶。繼續讓白斌一肩挑起重擔？那他真的就是混帳了。

他一直在想，到底有什麼辦法可以讓大家都好好的？在想到之前，他自認為不配享有白斌的溫柔。丁浩帶著一點自虐性質的想法開始鑽牛角尖，因此也配合白斌的進入。這孩子覺得自己將來肯定會虧欠白斌，剛才是被欺負到受不了才去抓白斌的手臂。要是發生在以前，早就伸爪子去撓了。

白斌從他的幾句話裡完全明白了丁浩的想法，整個人從後面環抱住丁浩，身體的重量及溫暖都在提醒著丁浩身後這個人的強大。

「浩浩不用管這些，我會解決的。」

白斌在他的頸間、肩膀上親吻著，熱熱的鼻息噴在上面，讓丁浩忍不住又顫了一下。他感覺到體內的東西漸漸甦醒，在裡面發脹。

「白斌？你不會又要……」

「嗯，再來一次。」

正值初嘗歡愛的年紀，又顧慮到丁浩的身體不常做，白斌哪肯放棄一次飽食的機會。

與之前的那次不同，他抽出埋在丁浩體內的東西，將小孩翻過來抱住，耐心地安慰他：

「下次不要再一個人不吭聲地想這些了，這不是你要煩惱的事。」

丁浩仰面向上，腿被大大分開，後面那裡更有一種再度被撐開的感覺。因為之前的開拓，這次的進入輕鬆許多。

丁浩的視力一直都很好，就著這個姿勢，一抬頭就看見自己下面吞進那根東西的樣子，先是頂端接觸，然後是粗大的柱身一點一點地沉入，真的吞進去了……

上方傳來白斌有些沙啞的聲音，「浩浩，不要一直夾緊……我會忍不住的。」

丁浩的聲音都發顫了，「胡……胡說！你才是，不要一直往裡面頂！那麼粗的東西，你慢一點……」話雖這麼說，但還是放鬆了身體，讓白斌順利進入。

白斌架起丁浩的腿，讓自己進入更裡面一點。他對小孩的柔韌度很滿意，伏下身體去吻他，「又緊又軟……好舒服……」

這超出了丁浩的底線。自己做那種事跟被人按住做那種事果然不同，只是這麼幾句話就讓他臉都紅了，抬頭瞪白斌：

「做、做你的！不許說話……啊喂！白斌你慢一點……誰讓你突然這麼快啦！」

在上面忙碌的人倒是不以為意，反而很喜歡丁浩恢復活力的模樣，親吻他的眼睛一下，動作毫不停緩，「已經濕了，不要怕，一會兒就會舒服了。」

「……唔、唔嗯……混蛋，我讓你慢……慢一點……」

回答他的是探索似的緩慢摩擦抽動，一旦找到那一處讓他顫抖的突起處，立刻又恢復到之前的速度。沙啞的聲音從上方包裹住丁浩，「舒服吧？」

「去你……去你的！」

丁浩的腳尖都在顫抖。那裡的刺激太強烈了，但他仍然睜大了眼睛，忍住被快感引出來的淚水說：

「我不跟你道歉了！白斌，我不說，你也不許說！我們……兩不相欠了啊——！」

現在也只有這一條路了，都瞞著吧。他是縮頭烏龜，他也不要白斌被人嘲笑！

正在胡思亂想時，丁浩被白斌的動作喚了回來，再次被頂到那裡重重地摩擦，丁浩顫了一下並下意識地伸手抱住白斌。

眼淚在搖晃中滴落，耳邊是熟悉的聲音，跟平時一樣包容著他。

「傻瓜，不要再想這些了，你只要……」

後面的話卻聽不清楚了，丁浩的耳朵裡一陣轟鳴，從身體後方延續過來的快感直達至大腦，他無法分辨白斌到底說了什麼。不停在身體裡撞擊的火熱讓他無法思考其他事，連自己從什麼時候跟著扭腰、主動貼近都不記得了，慢慢升騰的快感既熟悉又陌生。

最後那一陣要命的衝刺中，丁浩忍不住夾緊了白斌的腰，一起上下擺動吞吐著。

「白斌，我……喜歡你……」

身體的觸碰火熱，卻還是不如心意相通還讓人心情激動。說出這句話的同時，白斌在丁浩體內達到了高潮，全部都注入他的裡面。飛濺的熱液燙得小孩顫了一下，雙腿緊緊地絞住他，後面也是一樣。

白斌從丁浩體內退出來，舒服地嘆息一聲，「真厲害，我差點就要控制不住了……」

「閉嘴……」丁浩氣得踢了他一下，「你壓夠了沒啊？下去！」

白斌親親他。丁浩的雙腿都軟了，踢在身上不痛不癢。

「下次再鬧鬧彆扭也很好，浩浩剛才夾得我好舒服。」

誇獎完後，停頓了一下就從丁浩身上起來，抱小孩去清洗。

床單被子上沾到不少他和丁浩噴出來的，星星點點的，一看就知道做了什麼好事，被子也被弄得皺成一團，枕頭更是都掉到了地上。幸好，旁邊的那張床還是鋪得好好的，晚上還能勉強擠一晚。

丁浩現在也懶得管床單了，他連一根指頭也不想動。不過託白斌一番折騰的福，丁浩有點明白為什麼剛才一進房間，白斌就這樣對他了，他之前傳達的心意似乎跟白斌理解的有段距離。

「白斌，我這兩天沒跟你說話，你是不是以為我是想跟你分開啊？」

白斌扶著他的手僵了一下，這跟無言的承認沒什麼區別。丁浩回過頭去看他，眼神都快噴火了，「就是因為這樣，你一進來就按著我做了兩次？」

白斌擔憂的心情瞬間被小孩那張牙舞爪的模樣驅散了，笑著低頭在他額頭上親了一下，「嗯，我嚇壞了。」嚇到差點控制不住自己，弄傷了他。

從那天張蒙偶然闖入房間，他就知道丁浩長大了，不再是活在自己庇護下的小孩。他有自己的主張與意願，可以選擇過自己想要的生活。

很久以前他就明白自己是非丁浩不可，可是丁浩呢？在自己有意的舉動下，丁浩連認識周遭男生的機會都很少，更別說是女生了。

與丁浩不同，他一直很小心地把丁浩圈在自己的小範圍裡，照顧著，寶貝著，可是從未有罪惡感。他想要霸占丁浩，一直都想。

他也曾經想過丁浩還小，如果將來他想跟別的女人結婚，他也能笑著將他的手交出去。可是這些心理建設在現實面前不堪一擊，僅僅是試探與假設，都讓他差點傷到自己懷裡的寶貝。

他捨不得放手了。

白斌抱著丁浩，下巴靠在他的腦袋上蹭了蹭，「我以前騙你的那些……你恨我嗎？」

丁浩有點不懂，「你騙我什麼了？」

頭頂的聲音停頓了一下，「就是『男生跟男生互相幫助是正常的』那些事……」

懷裡的小孩也安靜了下來。白斌的心被緊揪著，他後悔問了這些問題，如果丁浩真的要離開他，他也不會放手……

丁浩也只是靜了一下，馬上踮起腳，猛然用腦袋撞了白斌的下巴一下。力量很大，讓白斌差點咬到自己的舌頭，瞇起的眼睛都泛起了水光，好痛。

「白斌，你夠了啊！今天晚上有完沒完啊……你再說這些，我、我就去丁旭他們房間打地鋪！」丁浩扶著腰，回頭瞪他，「我這是大意失荊州，就不該憂慮這一次。我跟你說，我以後再也不會給自己找麻煩，多想這些了，反正我只要……」

丁浩的臉在熱水的霧氣中有點紅，但還是堅持說完那句在高潮時，白斌在他耳邊低喃的話。

他在用自己的方法讓白斌安心。

「我只要喜歡你就好了，其他的你來想辦法。」

◇

車隊從臨市往返了兩趟，丁浩他們跟著下午的車隊一起回去。

丁旭跟肖良文提前回去了，他們的事已經忙完了，後面也幫不上忙，乾脆就提早走了。

丁浩坐在吉普車上等白斌回來。白斌昨天晚上鬧了一整夜，害丁浩的屁股還很痛，實在不方便跟著他來回跑。

白斌把車停在保稅區，丁浩無聊地趴在後座往外看。送他們來的小官員本來想請丁浩進去坐坐，但丁浩看到這邊人少事多，也就不下去給人添麻煩了。

看了一會兒在外面執勤查驗的，沒什麼意思，丁浩準備去一趟廁所，然後回來補個眠。昨天沒休息好的結果，就是一打呵欠就冒眼淚。丁浩揉著眼睛往辦公大樓走，一心二用，就被踢開的門板反彈回來，敲到了額頭——咚的一聲，丁浩抱著頭蹲了下來。

「痛痛痛！嘶——」

眼淚嘩啦啦地流。署裡的大門為了顯示出氣派，上面還鑲了玻璃，裝上厚金屬，那一下敲得一聲悶響，丁浩覺得自己的腦袋裡都是回音。

蹲在地上半天都沒緩過來，丁浩覺得到處都是一片陰影——不對，是他腦袋正上方投射下一片陰影。

站在旁邊的人看到丁浩撞到腦袋，嘿嘿笑道：

「有人這麼笨的嗎？這是旋轉門，你不知道？」

旋轉門？旋轉門還做成長方形的，裝成兩片嗎？不能三百六十度旋轉的門，能說是旋轉門嗎？！！

丁浩火大地瞟了一眼門上的黃銅金屬，覺得頭更痛了，用手小心地摸了摸，果然腫了一個大包。

旁邊幸災樂禍的那個人還不走，竟然用腳踢了踢丁浩，「噯，小孩……起來，我帶你進去吧！」完全是施捨的語氣。

丁浩氣得很，抬頭就瞪他，「誰說我要進去啊？我就愛蹲在這裡，不行嗎！」

丁浩這才看清楚找碴的人長什麼模樣。是個古銅色肌膚的高個子男人，長得不賴，就是說話讓人覺得流里流氣的，一身迷彩軍裝敞開一大半，這麼嚴肅的服裝，卻被他穿出了騷包的感覺。

丁浩在心裡鄙視他。

那位被丁浩瞪了一眼，反而很感興趣地圍著丁浩看了一會兒，「哎喲，脾氣還滿大的呢！白白長得這麼好看了，嘖嘖！」說完就彎腰伸出手，居然一把把丁浩從地上拎起來了，像夾到一隻小貓一樣地推開旋轉門，往裡面走。

「小孩，快進去吧，別擋路。蹲在這裡哭你媽又看不見！哈哈！」進去後隨便找了個地方把丁浩扔掉，臨走時還拍拍他的腦袋，「趕緊回家去吧。」

丁浩有種想再回去撞一次門的衝動。這個人真的把他當成小孩了……眼皮直跳地看著那個痞子士兵離開，丁浩強忍住跑過去從背後補他一腳的衝動。

丁浩覺得今天有點背，上完洗手間就回到車上了。他決定接下來哪裡也不去了，頂著額頭上的大包，心力憔悴。

天氣悶熱，知了叫個不停，丁浩趴在車裡想東想西，不知怎麼地，又想起剛來到署裡辦手續的那天。他記得，那天好像忘了什麼事，就在丁旭去辦手續的時候，是什麼事來著？想著想著，沒一會兒就睡著了。

再醒過來的時候，天都有點黑了，不知道躺在什麼東西上，軟硬適中，還滿舒服的。丁浩剛動了幾下，就聽見白斌的聲音：「醒了？」

丁浩嗯了一聲，睜開眼就看到白斌，才發現自己是躺在白斌腿上。坐起身往前面探頭看了一眼，開車的是小李司機。

白老爺子估計是不放心，還是派了司機來接他們。小李司機也跟丁浩很熟，聽見他醒了就立刻打開話匣子，「丁浩，這一路上怕吵到你，白斌都不讓我說話，我活活憋了一路啊！」

丁浩連忙安慰他，「李哥，是我的錯啊，對不起，早知道是你來接，我早就醒了啊！噯，這也說明你開車技術好啊，你看，在這麼顛簸的路上行駛，我完全沒醒！」

小李司機被他逗笑了，「夠了，路上顛成這樣你都吵不醒，昨晚不知道幹嘛去了才睏成這樣！」

本是無心的一句話，卻讓做賊心虛的人紅了臉，幸好天黑看不清楚，「這不是，是這幾天太累了……」

白斌在旁邊輕輕握著他的手，示意他繼續躺下，再睡一會兒，「到家還要大半個小時，再睡一會兒？」

丁浩搖了搖頭，不過還是順著白斌的意思，貼近他一些。

白斌對他的順從很是喜歡，捏了捏他的手，又問他：「你的頭是怎麼撞到的？」他一上車就看見了丁浩額頭上的大包，等他醒來才問他。

丁浩伸手碰了碰額頭上腫起的硬塊，想起之前被人像小雞一樣拎進去就生氣，繼而又洩了氣，「我想去洗手間，自己在大門前撞到的……」

白斌笑了，托起他的臉來，「別動，我看看。」

丁浩仰起頭給他看，帶了一點委屈的意思，「很痛。」

白斌湊近他，氣息都噴到他臉上。丁浩稍微躲了躲，卻被白斌捏住下巴，額頭上被親了幾下，耳邊是帶著笑意的聲音，「還會痛？」

丁浩咬牙，讓自己忍住不看向前面，也不擔心有沒有被看到，「還、會、痛！」

白斌這個傢伙，吃了他豆腐還讓他擔心曝光的事？門都沒有！他才不會再吃這種虧了，以後這種麻煩事都歸白斌管！

白斌這次沒再親了，眼裡的笑意忍不住就要溢出來，從後面環住丁浩的腰，「那我們回去『止痛』啊。」

這輛車的後視鏡是他調整的，小李司機從那個角度根本就看不到。想到剛才丁浩磨牙的模樣，他就覺得有趣。

小李司機果然只聽到一句「止痛」，連忙問了一句，「丁浩，你的頭很痛？要不要我們繞去藥房，買點止痛藥啊？」

丁浩被白斌抱住，只哼哼了幾句，「不用了，李哥，我回家抹藥……」後面的白斌又在笑，丁浩架了他一記拐子，「吳阿姨的小醫、藥、箱裡有！」最後幾個字特意加重了語氣。

小李司機喔了一聲，「那就好，嗳，丁浩，你們這次弄來滿多東西的，能賺到不少錢吧？」

丁浩很得意，連身後的白斌在偷親他耳朵都不在意了。

「是啊是啊！百十噸的肉啊，李哥，你吃肉嗎？我請你吃，哈哈！」

小李司機連忙說不用，「你們自己吃吧，我就說，怎麼會需要這麼多車來載回去呢，賣的時候還得開這輛車，不然都沒辦法往外運……」

丁浩不笑了，他忽然想起了那個想了一天，很重要的問題。

吞了吞口水，丁浩回頭小聲地問白斌：

「那個，白斌啊，我們是不是還沒找到買家？我們會不會也燒不掉、扔不掉，被追罰款啊？」說到最後一句都帶了顫音。

他終於想起來了，這幾天光顧著高興，差點忘了就算運回去，也不一定能換錢啊。

白斌指了指自己的嘴巴。

丁浩回頭看了前面一眼，小李司機正在專心地開車，並沒有注意到他們。也是，哪有不看前面開車的司機啊。丁浩迅速在白斌的嘴上親了一下，親得匆忙又怕撞到，所以是貼著鼻子擦過去，吻了一下又放開。

丁浩覺得自己的呼吸裡都帶著白斌的味道，這樣的小親昵更容易讓他不自在，咳了一聲催促道，「好了，快說吧。」

白斌得到了想要的，立刻很配合地解釋：

「聯繫車輛之前，丁旭就說是冷凍食品，所以我找車時已經跟爺爺他們打過招呼，聯繫買家了。」其實他之前也找好了冰庫，不過這些肉在冷凍箱裡裝得很完好，他也不用再費力搬一遍了。

丁浩這才鬆一口氣，拍了拍白斌的肩膀，毫不吝嗇地誇獎他，「幹得好，回去有獎！」

這句話說得中氣十足，連前面的小李司機都聽見了，跟著湊了一句熱鬧，「哎喲，你們內部還有獎勵啊，丁浩，有什麼獎啊？」

白斌打斷了小李司機的問話，「這是內部機密，不能說。」

小李司機難得聽見白斌說玩笑話，也笑了笑不再問，只是感嘆一句：

「那天，白老爺子還在問我呢，說白斌這孩子怎麼不愛說話，也不愛鬧啊？我回去就告訴老爺子，這得看是跟誰在一起啊，有丁浩在，氣氛才會活躍啊！是吧，丁浩？」

「那當然！」

到家的時候，白老爺子已經在客廳裡等了，看見兩人進來也只先讓他們洗澡、吃飯，並沒有說什麼。

雖然去臨市前有跟白老爺子打過招呼，但是他們兩個是私自開車出去，又鬧出這麼大的動靜，要是丁遠邊知道，早就讓丁浩屁股開花了。

丁浩偷偷看了白老爺子的臉色，覺得是有點嚴肅，這死小孩心虛了，趁著拿睡衣的功夫又悄悄問白斌，「你說……白爺爺是不是生氣了？」

白斌捏了捏他的臉，「沒有那回事。」又幫他找出替換的睡衣，依舊是跟他差不多的方格樣式，「好了，快去洗澡。」

樓上浴室的熱水跑得慢，但是白老爺子在外面的客廳，丁浩怕被他抓住問個不停，直接去臥室裡的小洗手間。

他趴在門口，對當家的人眨著眼睛，毫無愧疚地把難題丟給他，「白斌，你去樓下洗，順便和白爺爺解釋一下吧？」

白斌被他的眼神打動了，也知道丁浩是怕白老爺子，笑著答應了，「好。」

拿出睡衣後放在一旁，先換上一身平時穿的衣服去了樓下。時間晚了，還是及早說完，讓老人回去休息才好。

白老爺子坐在客廳沙發上，看見白斌下來，示意他坐在旁邊，「這次出去，玩得怎麼樣？」

白斌點了點頭，「還不錯，楊叔讓我替他向您問好，說是有空就來看您。」

白老爺子對此也不回應什麼，繼續問他，「沒再跟你說什麼？」

白斌並不隱瞞，「有，他問您最近忙嗎，讓我帶了一些菸酒給您。我看了，大部分是國外轉來的貨。」說是國外轉來的還算好聽的，那些密封原裝的東西，一看就知道來歷。

白老爺子看了白斌一眼，手指放在拐杖上輕輕碰兩下，「白斌，你怎麼看這件事？」

白斌也不閃避白老爺子的眼神，表情還是很平靜，「爺爺，這件事要看您怎麼想。」

白老爺子被他氣笑了，「臭小子，連爺爺的話都要套！這是出給你的題目，不許多說別的！」

白斌的神色放鬆了一些，一邊往白老爺子的茶壺裡添熱水，一邊試著說出自己的想法。「我覺得這些東西已經能夠代表楊叔的心意了，沒有必要讓他再特意來一趟。」白斌表達得很明確，他並不贊同白家也牽扯進去。

白老爺子推開他遞過來的茶杯，示意他繼續說。

「我爸媽還在G市，那邊風浪太大，這件事容易讓人多想。」白斌委婉地表達了另一層想法給白老爺子知道，「我知道爺爺是擔心我胃口太大，對金錢操之過急，我們這次過去，也只是去玩一趟……」

白老爺子看了白斌一眼，打斷他的話，「這次去臨市，是丁浩聯繫的？」

白斌看著自家爺爺，一口否認了，「不，是我。」

白老爺子有點不高興，「別瞞我了，你楊叔都跟我說了，在合約上簽名的都是丁浩。你就幫他吧，和他一起瞞著我這個老頭子！」換了一個舒服一點的姿勢，看到自家孫子在旁邊一副默認了但是拒絕認錯的模樣，白老爺子又嘆了口氣，「我知道你想幫浩浩，這樣吧，楊叔那件事你就答應下來，你們兩個賺個零用錢也好。」

白斌有些遲疑，「我爸媽那邊……」

白老爺子哼了一聲，「不用管他們，今天你媽打電話來，說白傑要出國去讀書，學什麼經濟，你爸居然也答應了！連一個孩子都帶不了，非得弄到國外去！兩個人都沒用！」

白斌有點驚訝，「這麼快就要出國？」

白老爺子對他這句話有些不滿，「什麼叫這麼快就要出國？白傑在國內就學不了嗎？出去看那些洋鬼子啃饅頭，有什麼好！」白老爺子對洋人和麵包很不以為然，連自己的孫子要出國讀書也不怎麼支持。

白斌聽到白老爺子的語氣像是抱怨，並不是生氣，也笑了。

「爺爺，話不能這麼說，去國外歷練一下，多少也是有好處的，而且白傑身體不好，也可以去國外做些治療。」

白老爺子瞪了他一眼，「這是你爸還是你媽跟你說的？好吧，打給我之後，連你這邊都沒漏掉，內容都一樣！」

白斌的眼裡有些柔軟的笑意，搖了搖頭，「是白傑告訴我的，他自己也想去。」

白老爺子不說話了，沉默了一會兒，又開始嘟嘟囔囔，大致意思是說白傑這小兔崽子沒良心，一年半載的，也不打電話給他這個爺爺。好不容易打回來一次，還是問白斌在不在家……白老爺子心裡很不是滋味。

白斌看到老人這樣，連忙安慰了半天才把白老爺子哄好，老人又對白斌囑咐了一些要注意的事。不過，等了半天也沒見到丁浩下來，就問他，「浩浩呢？還沒洗好啊？」

白斌笑了，「他怕您念他，嚇到躲起來了。」

白老爺子都能想像到丁浩躲著不敢出來的模樣，自己先笑了，「哎喲，還知道害怕啊，我以為他天不怕地不怕的呢！好吧，跟他說爺爺不是怪他，是擔心！」又再三叮囑了白斌，「你楊叔那邊，你自己要知道分寸。」

很多事情並不是你不參與就會沒事。就像高明的舵手，永遠知道要順著風浪的方向借力行走，但是，還是要保持高度敏銳的觀察力，不能被風浪迷惑、打倒。

白斌送白老爺子到門口。老人上車後，要白斌趕緊回去吃飯。

「快回去吧，下次帶浩浩過來看我，我也有段時間沒看見他，跟他說說話了。」想起那個小開心果，白老爺子的嘴角就微微向上揚，「看好他，可別讓他再調皮了。他這次跑一趟臨市，我就接到了四五通電話，呵呵。」

白斌答應了。送完白老爺子，回來就看見丁浩在樓梯口張望，看見他進來還歪著腦袋問他：「爺爺走了？說了什麼？」

白斌被他小心翼翼的模樣弄笑了，招手叫他下來，「走了。先來吃飯，他說下次要我帶你過去，讓他好好看看。」

丁浩肚子也餓了，三兩步從樓梯上跑下來，「看我什麼？」

白斌挑挑眉毛，丁浩這個連蹦帶跳的下樓梯方式不大好，看來樓梯上也要鋪一層地毯。

「大概是想看你最近毛筆字練得怎麼樣了吧。」

白斌隨口說了一句，並沒有把與白老爺子談話的內容告訴丁浩。這些是他要背負的，與丁浩無關，他養的小孩只要開開心心的就好了。

◇

百十噸的冷凍肉很快就處理完了，分批賣給了市裡的幾家食品公司及鎮上的小企業，還剩下一點零碎、看起來賣相不是很好的肉，丁浩也懶得等廠方回應，直接半賣半送地送給了一家藏獒養殖場。這些肉的價錢比買飼料還便宜，養殖場自然感激不盡地收下了，還許諾要送一隻小藏獒給丁浩。

丁浩跟對方客氣了一下，沒收下藏獒。一來是覺得這些人很不容易，二來是那種狗長得太凶了，他不喜歡。而且帶回去後，家裡的九官鳥肯定會爭寵，那就真的「鳥飛狗跳」了。

丁浩賺了滿手鈔票，得意的樣子就不用提了。口袋裡鼓鼓的，走路都神氣許多，一連幾天眼睛都笑彎了。不過，這只是暖場，等到銀行裡最後那幾筆都到帳了，丁浩就提著一個書包去找丁旭。

兩人是約在外面見面，丁浩揹著書包坐在路旁等丁旭。

下午的風還有點悶熱，但是絲毫不影響他的好心情，大老遠看見丁旭跟黑小子就對他們招手，「嗳，丁旭！在這裡！」

丁旭剛走過來，還搞不清楚是什麼事，懷裡就被塞了一個信封，輕飄飄的，「這是什麼？」他抬起頭，眼神古怪地看著丁浩半天，「你不會是幫那個李盛東拿來給我的吧？」

當初李盛東跟肖良文一見面就打起來，把他新買的保溫壺踢碎了，這段時間時常拿這件事來煩他。

丁旭很頭痛，他不知道李盛東是從哪裡知道了他家的地址，雖然從來沒有進去騷擾過，但是每天都騎摩托車在路口等更麻煩。

拒絕了他送來的保溫壺，那個人還是不依不饒，揚言下次會換成現金，送來給他。丁旭不明白這個人為什麼非要追著他，跟他當好朋友。他完全沒跟他說過一句話，難道是因為上次被肖良文打一架，打出了友情？

丁浩聽到後，眼睛都亮了，這死小孩完全是看八卦的心態，還很激動，「李盛東來找你了？怎麼樣？他跟你說什麼了？」

丁旭搧了搧那個信封，確定裡面是一張紙，更皺起了眉頭：

「丁浩，我跟你說過了，這筆錢就算是你送來，我也不能拿，知道嗎？」他打開來看了一眼，是支票，「不是吧？一百零五塊的東西，他還弄了支票過來啊？」

丁旭以為這是李盛東賠的保溫壺錢，抽出支票來看一眼，立刻愣住了，「這麼多……是上次那批貨的錢？」看到丁浩點頭，又難得誇獎了一句，「你綁的這棵大樹還滿厲害的，能在短時間賣到這個數字也不錯了，你都給我了嗎？」

「哪裡啊，這是一半！」丁浩笑出一口小白牙，「你留著用吧，我那一半都存在銀行裡呢！嘿嘿！」

丁旭立刻換了一副神色，「你們搜刮民脂民膏可真狠。」這樣跟拿出去賣市價有什麼區別？白斌這傢伙不但有門路，而且方法也黑。

「哪是民脂民膏啊，我們可是造福於民！」丁浩不跟他扯這些，重點全放在李盛東的事情上，「說說李盛東的事吧，他對你怎麼樣了？」

丁旭斟酌了一下用詞，用最文明的語言總結，「也沒什麼，就是我和肖良文一出門就會碰到他，不過這兩天很少見到他了。我都是遠遠地看著，沒跟他說過話。」

肖良文見到那個李盛東就火大，攔都攔不住，沒造成重大鬥毆事件、進警局喝茶他就已經謝天謝地了。

丁浩明白了，李盛東是想打遊擊戰，迂迴前進。可惜，前方敵軍炮火猛烈，李同志差點慘烈犧牲。他咂了一下舌，為李盛東默哀一下，又把目光放在肖良文身上，這位臉上倒也能看出一些輕微的擦傷，但是得仔細看，太黑了，看不清楚。

「丁浩，我家的住址是你告訴李盛東的吧？」

他正看著黑小子出神，耳邊的一句話就讓丁浩顫了一下，清醒過來。腦子沒有轉得比嘴巴快，下意識地就反駁，「不是，我沒說！」

丁旭從眼鏡後面看他，一雙細長的眼睛都瞇起來，「除了你，沒人知道我家的地址，而且巧了，自從你知道以後，李盛東也來找我了……」

丁浩被他盯得有點不自在，「你怎麼知道他是來找你啊？說不定是來找尚良文打架呢，當初，尚良文不也是纏著白斌嗎？」

黑小子在旁邊糾正他，依然惜字如金。

「我沒纏著白斌，而且李盛東是來找丁旭的。」

李盛東對丁旭有企圖，這點他還是可以區分出來的。就是不知道是什麼原因，應該和X市扯不上關係吧？因為他之前幹的鳥事事有好幾次差點把丁旭拉下水，黑小子對陌生人很不放心，又問丁浩：

「那個李盛東是本市的嗎？」

丁旭也想到了，臉色有點複雜。除了有人想要追查尚良文之前的事、否則他實在想不通一個十幾歲的孩子為何追著他們問東問西的，難道是覺得同齡人可以讓他們放鬆警戒？他不想讓尚良文重新扯上之前的黑道。現在X市表面上風平浪靜，可是他知道，最遲兩年就要變天了。

「是本市的……」

丁浩多少知道丁旭的忌諱，看著他們兩個一臉嚴肅，倒是有點不好意思了。想了想，還是附在丁旭耳邊嘀咕了幾句。

丁旭的臉色更複雜了，半天也沒說什麼話，只是臨走的時候跟丁浩說，「你放心，我有辦法告訴他。」

很久以後，丁浩才知道丁旭為此剃了生平的第一個光頭。在感嘆李盛東不容易的同時，還感嘆了一把丁旭的勇氣。

那個時候的李盛東看著自己的初戀頂著光頭、穿寬短褲、老人背心，搖著蒲扇的模樣，一顆少男心狠狠地碎了一地。

第五章　休學

白斌按照白老爺子的吩咐與楊叔聯繫了，那邊並沒有因為白斌的年紀而看輕他，第一次出去看貨的時候，還派專人來接。不過派來的人做事不太可靠，直接去學校找白斌，大頭軍靴走起路來響亮無比，還沒找到白斌就差點引起圍觀。

丁浩那天正趴在課桌上睡覺。他昨天晚上查了一整晚發家致富的資料，當他夢見一個書包的錢變成兩個書包、三個書包的時候被吵醒了。揉了揉眼睛，抬頭就看見白斌在教室門口跟一個人講話，周圍的人都不敢太靠近，但也圍成了一大圈。

白斌的聲音很低，但是對方似乎不在意別人觀看，哈哈笑著拍拍白斌的肩膀，「好啊，等等在門口等你！」

丁浩聽到這聲音覺得有點耳熟，稍微換了個姿勢去看那個人。

標誌性的悶騷迷彩軍服，衣領大敞著，露出古銅色的緊實肌肉，一副黑墨鏡鬆垮垮地架在鼻梁上，笑得很開心，果然是見過的人。

丁浩想起了撞到腦袋的旋轉門，更想起了這個痞子士兵讓他「回家找媽媽」的話，這死小孩實在很愛記仇。

即便是軍痞也有格外敏銳的觀察力，丁浩的視線落在他身上的時間過長，立刻就被看了回來。

來人扶了扶墨鏡，倚在門框上自來熟地跟丁浩打招呼，「嗨，好久不見啦，小朋友！」

周圍的人頓時都朝丁浩看過來！

丁浩被這麼多人盯著，徹底清醒過來了，眨著眼睛看那個軍官，又看看白斌，「白斌，你們認識啊？」

這邊的動靜太大，連老師都注意到了。白斌乾脆向老師請假，跟那個軍官一起出去了，臨走時跟丁浩叮囑了幾句，「不許亂跑，放學後我來接你。」

丁浩滿肚子的好奇，中午吃飯時都在想這兩個人是怎麼搭上線的。白斌表面上太正經，而那個軍官表面上太不正經了。嘖嘖，那兩個人站在一起，從衣服著裝上就能看出來，白斌的襯衫領子開一個釦子，那叫放鬆，那個軍痞開一個釦子，那叫放……蕩？

丁浩想著想著，自己先笑了，正高興地笑著，對面就有人端著餐盤過來。是張陽，高中部的食堂跟國中部是分開的，不在同一個校區，所以自從上了高中，丁浩就沒怎麼跟丁泓一起吃飯了。沒辦法，丁泓如今還在國中部掙扎。

張陽也很好奇，看著丁浩問：「什麼事讓你這麼高興啊？」

丁浩把自己的餐盤往張陽那邊推了推，示意他夾雞腿過去吃，「沒什麼，只是想起一個笑話。噯，張陽，我還沒謝謝你呢，暑假的時候太麻煩阿姨過來照顧我奶奶了！」

「你也太客氣了。」張陽沒有夾走雞腿，倒是吃了幾口丁浩餐盤裡的木須肉，「反正我媽的工作是輪班的，上一天休息一天，正好一個人在家很悶，過去和丁奶奶作伴也很好。」

丁浩聽到這番話，動了心思，「阿姨願不願意接兼職啊？就利用空著的那一天就好。」

他早就想雇一個阿姨陪著丁奶奶了，如果是熟人就更好了。

他承受不起張蒙她媽的那份恩情，寧願自己花錢僱個人，比較踏實放心。最起碼你給了人家足夠的錢，人家會一天二十四小時待機，照顧丁奶奶啊。那時候社會上的人看在錢的份上，還是很認真工作的。

「你是說，要讓我媽去照顧丁奶奶？」張陽很聰明，一下就懂了。他猶豫了一下，試探地問：「丁浩，我不是拒絕你，我只是覺得丁奶奶身體滿好的，現在不用專人照顧吧？」

還常常能看見丁奶奶在廣場上鍛煉的身影，張陽不懂丁浩為什麼要花錢請人照顧，老人的生活完全可以自理，沒有請看護的必要。

丁浩的理由很充足，但也不能跟任何人說，支支吾吾地跟張陽解釋了一下。

「其實，我們家有遺傳性高血壓，很嚴重，反正不怎麼好……」

高血壓有遺傳方面的因素，但不是遺傳病，丁浩故意說得誇張一點，嚇唬張陽。

「你也知道，我奶奶年紀大了，這種病說不定什麼時候就發作了，但我們都不在身邊，我姑姑也有自家攤子的事要忙啊，唉。」

果然，心地善良的人總是容易受騙，張陽立刻就心軟了，「那我回去跟我媽說說，不用給錢……」

丁浩換了一副嚴肅的表情看著他，「你看不起我？」

張陽的一口飯差點嗆到喉嚨裡，「不是……」他哪敢看不起丁浩，這件事似乎顛倒了，要是收了錢，應該是丁浩看不起他吧？

張陽的嘴巴沒有丁浩俐落，這死小孩沒兩三下就替張陽決定好了。

「好，薪水就參考學校的，過年過節的福利也跟學校的一樣，雇傭期先填三年吧！嗯，就這麼決定了啊。」

張陽嚥下嘴裡的飯，看著丁浩問：「你確定？」

學校給的薪水雖然少，但好歹也是每個月發，丁浩這一開口就是三年，數目可不小。

丁浩剛賺到大把的錢，正值春風得意，聽到張陽的質疑也絲毫不生氣。不過，為了讓員工安心，還是湊到張陽耳邊，一本正經地撒了謊：

「我跟你說，其實我中了樂透，這筆錢是白斌找人幫我領出來的，都還沒告訴我家人。你知道，我家人多，這筆錢一曝光就留不住了，我只是想偷偷照顧一下我奶奶……」

張陽點點頭，「我明白，你是怕到時候錢全部都要交上去，不能自己分配吧？」

當初他跟他媽媽從老家出來的時候，被那幫親戚剝削得一乾二淨，所以張陽對所謂的親戚很不以為然。

而丁浩對他豎起大拇指。聰明！不用他編理由就自己想出來了，真是好孩子啊！

張陽按下丁浩的大拇指，也笑著說，「既然這樣，我就不客氣了，丁浩，要有年終獎金啊。」

張陽難得開了一個玩笑，不過丁浩卻是真的想幫他一把。張陽家要養學生也不容易，因此答應下來，「沒問題！」

傍晚放學的時候，白斌在校門口等丁浩，不等丁浩問就跟他解釋了白天的事。他知道丁浩的個性，那可是好奇心害死貓，不知道就不會甘休。

「今天來的那個人是楊叔手下的連長，叫潘峰，上次你在臨市署裡見到他了？」說完忍不住笑了，「我還在奇怪，怎麼腦袋上會撞出這麼大一個包……」

丁浩一聽到這番話，就知道那個潘連長對白斌添油加醋了，有點提不起精神，「都多久以前的事了，早就忘了。」

「才一個月不到吧？小孩，你這麼快就忘了，不會是撞壞腦袋了吧？」

本來滿懷關心的話，被這位先生帶著笑意說出來，再聽進耳朵裡就不是滋味了。

丁浩抬頭看了一眼，站在吉普車旁邊的就是那個軍痞，看到他一臉幸災樂禍的笑，就覺得不是好人。丁浩慢吞吞地跟白斌上了車，心不甘情不願地跟他打招呼，「潘連長……」

潘峰對他很熱情，「噯，別叫得那麼生疏。丁浩是吧？你叫我潘哥就好！」

上車駛動，動作俐落地將車開了出去。

這輛吉普車不知道是怎麼被潘峰糟蹋的，比白斌的那輛差多了。丁浩估計輪胎裡的鋼絲都被磨出來了，不然怎麼可能會顛簸成這樣，一路抖著回去，丁浩連下車的時候都覺得腳下的土地沒有很穩。

看到潘峰也熄火下車，跟著進屋，丁浩有些疑惑地說：「留下吃飯？」

這句話有點太不客氣了，丁浩連忙換一句，「啊，我是說，歡迎做客，吳阿姨做飯可好吃了，留下來吃飯吧！」

潘峰看著丁浩笑了，伸手過來拍拍他的腦袋，「沒事，我就喜歡說話直接的，而且今天不但要蹭飯，還要住一晚呢。」

很少有人會碰丁浩的腦袋，尤其是不怎麼熟悉的人，但丁浩又不好意思躲開，正感到彆扭就被白斌拉到一旁，塞了一個書包給他，「去樓上寫作業。」

丁浩立刻點頭，抱著書包就跑了，跑了兩步又回來拿了一顆蘋果，「那什麼，你們慢慢聊啊，吃飯的時候叫我就好！」

潘峰看到小孩一溜煙地跑走了，摸了摸下巴張望，嘴角挑著笑，不知道在想什麼。白斌坐在沙發上咳了一聲，「潘哥。」

那位回過神，立刻走過來坐下，也拿起一顆蘋果啃，「白斌，別客氣，吃啊。」

這句話很熟悉，當初丁浩也厚著臉皮說過，如今這位也愛說這種話，可見兩人的本性有相同之處。

白斌看到他很放鬆，也不知道該招呼他什麼了，只好轉移話題到正事上，「潘哥，明天楊叔的貨就到了？」

潘峰一手放在沙發靠背上，一手啃著蘋果，看起來很隨意，但是說的話卻讓人隨意不起來。

「是啊，東西太大了，又不能分批送進來，只能由我去盯著。這次是我們自己弄的，你跟去看看，下次想一起去也行，或者只出錢，參與一份也行。」

白斌點了點頭，「好，明天我跟你去一趟。」

潘峰啃完了蘋果，把手裡的果核扔在茶几上，「要帶丁浩嗎？」

白斌有些疑惑地看了他一眼，潘峰立刻解釋，「我上次在署裡見過他，覺得丁浩的個性應該很喜歡新鮮的玩意兒。」像是想起什麼，潘峰笑著補充了一句，「我家裡有個小弟，也跟丁浩一樣大，淘氣得很。」

白斌喔了一聲，有一點懂了，「難怪你一來就老是招惹浩浩，原來是想家人了。」

潘峰又拿著一顆蘋果上下拋著，笑出一口白牙，「是啊，我家的小孩雖然總是闖禍，但是乖起來啊，不論提什麼要求都狠不下心拒絕啊！」

白斌也笑了，「那倒是。」

◇

說歸說，白斌去的時候還是沒帶丁浩。

一次兩次還沒什麼，第三次的時候，丁浩就不高興了，「白斌，你背著我去幹嘛了？」

白斌正拿著外套準備出門，被丁浩大大張開手臂，攔在門口質問了一句，也有點訝異。

「不是昨天跟你說了嗎？我要和潘連長出去，有一點事。」

當著丁浩的面，白斌一向稱呼潘峰為潘連長，但是每次跟潘峰獨處的時候都是叫潘哥。丁浩的耳朵好得很呢，該聽的、不該聽的都沒漏掉。如今看到白斌理所當然要出門的模樣，丁浩心裡很不自在，話說得酸溜溜的，「昨天是說了，可是你沒告訴我你出去到底是去幹嘛……再說了，你怎麼老是跟他出去啊？」

吳阿姨的家裡有客人來，難得請假回家去了，如今，這棟房子裡只剩下攔在門口的人和要出門的這兩位。白斌嘆了口氣，低下頭在丁浩額頭上親了一口，「聽話，回來時帶好吃的給你！」

丁浩的意志很堅定，當下就搖頭拒絕了，「我不吃！上次帶回來的還沒吃完呢！」

白斌每次都帶鰻魚乾回來，吃兩次就吃膩了，這次不能再被他唬弄過去。

「現在都快晚上八點了，你又要出去一整晚不回來？」

白斌看了一下手錶，除去路上要花費的時間，大概還有二十分鐘的空閒，他也實在是對丁浩沒辦法，試著建議，「要不然我看著你睡著再走？要晚安吻嗎，嗯？」

兩個人很少分開睡，白斌只以為他是不習慣，還安慰地湊過去親了親丁浩的臉，「很快就回來了，你明天早上睡醒，就能見到我了……」

正安慰著，就感覺到自己的臉也被小孩捧住了。唇上覆著熟悉的柔軟，白斌順著他的意思，絲毫沒有抗議地把這個吻加深。

含住輕咬，接著探入糾纏、吮吸，調皮的小舌頭還不安分地捲進了他的口腔，在裡面抽動了幾下。都是男人，又是嘗過極樂滋味的，對這個曖昧的小動作更是心知肚明，白斌的眼神暗了下來。丁浩這是在玩火。

再分開的時候，丁浩的臉色微紅，卻帶著一抹狡黠的笑意，把白斌拉近自己。果然，貼在小腹的地方隔著薄薄的布料隆起了。

丁浩在那個敏感的部位磨蹭了一下，立刻感覺到身上的人在耳邊噴出火熱的氣息，「浩浩……」

丁浩踮起腳，在白斌的耳邊輕聲問他：「白斌，你帶我去，我給你一個『晚安吻』好不好？」還不忘扳回一城，用腿在隆起的部位上擠壓。

白斌有點猶豫，要帶丁浩去也不是不行，只是，他不想讓丁浩看見那些……過早接觸也不是一件多好的事，如果可以，他更希望丁浩去讀書、看動畫……這才是小孩該幹的事吧？白斌自己並沒有做過這些，他試著去猜測普通小孩會喜歡的東西。

不過很可惜，丁浩並不是他想像中的普通小孩，他明顯對白斌，或者對白斌要去做的事更感興趣。現在，丁浩正在為了能一起出門做各種努力。

白斌的雙手撐住門框，對面的小孩已經蹲下去，解開他褲子的束縛，將漸漸抬起頭的東西含住了。先試著舔了兩口，接著又收緊了口腔，微微前後擺動腦袋，讓它順利進出。

白斌被那樣小口小口地吞進去，然後帶著唾液的潤滑抽出來，幾下過後，就有點控制不住自己了。

他光是看到丁浩跪坐在他腳邊就有了衝動，更別說親眼看著自己的東西，在小孩的嘴巴裡來回抽送著，那溫暖緊緻的感覺讓他忍不住繃緊小腹。

手指在門框上抓得很緊，這更提醒了白斌此時的地點，眼睛看著賣力服務的小孩，逐漸將視線凝在一張一闔的嘴巴上。

將肉紅色的柱體吞進嘴巴，丁浩像在吃棒棒糖一樣，試圖含在一邊，換了幾下並沒有成功，反而害自己差點被分泌過多的液體嗆到。

頂端的體液帶著微微的鹹澀味道，舔了一下，還有白斌一貫清爽的味道，丁浩模糊不清地嘟囔了幾句：「怎麼樣……『晚安吻』不錯吧？你到底帶不帶我……喂，不要只顧著享受，你倒是說句話啊！」

「什麼？」白斌的喉結滾動了一下，注意力完全放在那對帶著水光的紅唇上。

丁浩將嘴裡的那根吐出來，用手捧著，來回親吻，其實是想少吃一會兒那個玩意兒。光是含著就讓他嘴巴有些發麻了，做口部作業也是很累人的。

「我說，你到底帶不帶我去啊？你要是不帶我去……」

他用手替代了唇舌，在前面的小孔前撥弄幾下，又伸出舌頭舔了幾口，舌尖濡濕而靈活，鑽在小孔裡的感覺讓手裡捧著的東西立刻脹大一圈，丁浩有些滿意地笑了。

「你要是不帶我去，我就去樓上睡覺了喔。」

小孩的語氣裡帶著一種報仇雪恨的痛快感，仰頭看著白斌，還在催促，「快點啊，只要一句話就好！」

下身被緊緊握住，但是頂端的小孔依舊照顧得很周到，舌頭像吃冰棒一樣舔弄著，甚至捲起來吸了吸，像是進食的貓在試探著食物。如果，如果被浩浩吃進去……

微微的酸脹辛辣直衝入腦，可是快感卻被丁浩緊握在根部的雙手逼了回去。

白斌揉著他的頭髮，力道顯然是控制過的，但聲音卻是無法控制的沙啞，「好了，別鬧了，你知道這是兩碼事。」

丁浩知道白斌吃軟不吃硬，立刻換上一副委屈的模樣，手上一點都沒放鬆，繼續求他：

「白斌，我不是想去玩，我只是想跟你在一起，你帶我去嘛……」丁浩用臉貼著那裡，輕輕磨蹭了兩下，「我不想一個人在家，白斌你別丟下我……」

事實告訴我們，凡是臉皮厚的人總是能占到便宜，不要臉就是天下無敵，所以丁浩成功了。

沒臉沒皮的丁浩同學在得到白斌的應允後，立刻幫他舒緩了需求，連吸帶咬地幫他弄了出來，而且十分大度地表示不在意白斌弄髒了他的臉。

「我去擦擦，你等我一下！」

白斌沒攔住他，看到他興高采烈地跑去刷牙換衣服，自己也無可奈何地去換了一身。並不是縱容丁浩，只是被最後一句說得心軟了。是他考慮不周，家裡沒人，總不能放他一個人守著這黑漆漆的房子。

就像以前的自己，哪怕點亮了所有的燈也不覺得溫暖。

等兩人收拾好，開車過去的時候，已經比約定的時間晚了。倚在破爛吉普車旁等他們的潘峰看了看腕上的手錶，對白斌的遲到表示驚訝，「哎喲，第一次來晚了啊！」再抬頭，看見丁浩從白斌的車上跳下來，立刻就明白了，「我就說嘛！家裡的小孩添亂了吧！哈哈。」

白斌向潘峰表達了歉意，「我會看好他的，不會亂跑。」

他在路上已經大致跟丁浩講過要去做的事情了，雖然潘峰之前並不在意他帶丁浩過來，但是白斌還是跟他客套了一下。

「沒事、沒事，我們只是搞運輸，沒那麼多規矩！」潘峰擺擺手，嘴裡咬了一根菸後點上，「我先抽兩口，不介意吧？」

碼頭禁菸，連打火機都不能帶，到那裡就只能叼著菸，過過乾癮了。

白斌請他隨意，他本人不抽菸，但是也尊重他人的喜好。丁浩眼尖，大老遠就看到他手裡的菸盒很特別，「潘……哥，你這是什麼菸啊？」

「猛然聽到你這樣叫，還真不習慣。」潘峰笑了。他總算看出來了，丁浩這死小孩也只在有事要問他的時候才會這樣叫，把手裡的菸盒扔給他，讓他自己看。

丁浩接到手裡看了一眼，是白沙。他有些疑惑，走私一般弄的都是外國菸吧？

這麼想著，他抬頭看了看潘峰。那位抽得還滿快，腳邊有不少菸蒂，估計在等他們的時候也沒閒著。丁浩把手裡的半包白沙遞過去，「潘哥，你運的都是白沙？」

潘峰接過來放在口袋裡，對丁浩噴了一口煙。丁浩從靠近後就一直防備著他，老早就憋著不呼吸了。潘峰吹了一口也沒見到他咳嗽，倒是笑了，「有意思，你常被這樣欺負啊？」

不是常被人這樣欺負，是他以前也愛幹這種缺德事，丁浩覺得自己是遭到了天譴，要不然怎麼會碰到一個比自己當年還流氓的流氓？這麼想著，臉上還是硬扯出一個笑容，「對，我爸老是這樣鬧我，習慣了。」

潘峰笑了，「我想也是，你躲得很熟練。」看到白斌臉色不好，他立刻回答了丁浩剛才的提問，「外國菸是吧？也有啊，你等等。」

也不開車門，直接從車窗伸手進去，在駕駛座翻了一下，抽出兩條三五給丁浩。「拿回去送給老爺子嘗嘗，外國菸嘛，抽起來也就那樣，不比我們的順口！」

這時候還是寬殼的三五香菸，包裝比較扁平一些。進口貨也有？丁浩心裡疑惑，但是看到潘峰一路打太極，繞來繞去就是不說重點，丁浩也知道問不出什麼了。

等了一會兒，看到前面有一閃一閃的亮光，是車隊過來的跡象，潘峰吸了兩口，又趕緊扔掉踩熄，「行了，我們走吧。」

這邊是小港口，大船進不來，這次來的是艘小船，不過再小的船，運巴掌大的盒裝菸草還是很可觀的。白斌開車不緊不慢地跟在後面，丁浩倒是被夜色下的氣氛搞得有點緊張，「白斌，是白爺爺讓你跟他一起做這種事的吧？」

白斌點點頭，「嗯。」

丁浩看了看他，「你都知道……這是在弄什麼？」

都帶丁浩來了，白斌也不瞞著他，「知道，大部分是白沙和紅塔山，也有三五一類的外國菸。」

聽白斌這麼一說，丁浩就懂了，就是說大部分都是國產的，這樣就不是偷偷運的事了，這關係到「回流」的問題。菸草向來徵稅高，簡單舉例來說，一條國產菸賣三十塊，納完稅就要一百多塊錢，這還沒算上運輸費用和批發零售的加價，全加上去的話，遠比這個還高。

但國產菸出口就很優惠了，所謂回流，就是拉出去轉一圈，又偷偷回來了，那些三五估計也是趁機在H國裝上的，這等於逃掉了進口的稅，還享受了出口的政策。

幾年前是沒有外國菸進口的，所以外國菸很吃香，但現在南邊有許多外國菸過來，國內大部分的人還是抽慣了自家的口味，相比之下，還是國產菸賣得比較更快一些。

丁浩坐在那裡沉默了一會兒，只能說，白斌他們鑽的這個漏洞很好，是能賺大錢的。可是丁浩心裡不踏實，他再一次感覺到了自己與白斌的距離。雖然以前也知道白斌跟他不是同個世界的人，但是從來沒有像現在一樣，這麼清楚地察覺到。

白斌也感覺到身邊小孩的安靜，微微皺起眉頭。他跟在潘峰後面停好了車，空出一隻手握住丁浩的，掌心裡的小手果然很冰涼。

「我送你回去吧？」

丁浩搖了搖頭，「我陪你一起。」

他想知道更多白斌的事，不管是好的還是不好的，畢竟這些都曾發生在白斌身上。白斌陪著他長大，他也想看著白斌成長。

不過，他還真的沒看過這樣的陣仗。外面有十幾輛的軍用大卡，東西也是用集裝箱運，雖說模模糊糊的看不太清楚，但是潘峰和那些人背上攜帶的東西他不會看錯——是槍。

丁浩看著那些大型鐵兵器在月色下泛著冰冷的金屬光澤，心裡也有點動搖。跟這些比起來，他跟丁旭之前的簡直是小打小鬧。

想到丁旭，他的眼睛頓時亮起來。丁旭對這些很有研究，可以去問問丁旭啊！他不能預測這些事的時間，但是不代表丁旭不能，知道自己多少能幫到白斌，丁浩終於有點安心了。

心裡稍微放鬆了一點，也就有心思去看放在卡車上的東西了。看著被墨綠色帆布粗糙地籠罩起來的集裝箱，丁浩不由得皺起眉頭，「白斌，這樣弄……是不是有點太大了？不能分開？」

白斌看到他神色恢復正常了，才放下心來，手還是一直握著他的沒放開。

「有批文、單證也有印章，一起弄才比較安全。」

丁浩喔了一聲，沒再多問。

◇

丁浩抽空去市中找丁旭。

那邊的教學條件也不錯，管理相對寬鬆一些，丁旭的班級很靠前面，一進去就找到了。

丁旭依舊戴著粗框的黑框眼鏡，頭髮還沒長好，看起來倒像個清秀的小和尚。

丁浩看著他的腦袋好半天，有股摸兩把的衝動，「丁旭，我有一點事想問你，我們出去說吧？」

丁旭也看著他，確定這個人不是特意來看自己笑話的才站起來，跟丁浩離開。因為下午還有課，兩人也沒走多遠，直接去了頂樓的天臺。

這裡原本要蓋個露天籃球場，規劃好了又怕不安全，就不蓋了，不過很敞亮，在這裡說話的好處就是一眼就能看見周圍有沒有人偷聽。

丁旭扶了扶遮住半張臉的眼鏡，問：「說吧，什麼事？」

丁浩跟丁旭講了白斌的那件事，原本只是想問問看丁旭，但是看到丁旭越來越嚴厲的眼神，忍不住就把知道的全說了，「很……很麻煩？」

丁旭看了他一眼，臉色不太好，「白斌跟誰一起幹的？」

丁浩立刻就把潘峰招出來了，「是他找上門的，我們把那批冷凍肉弄回來後……」

丁旭聽到潘峰的來歷，表情就放鬆了，「那就沒事了。」

丁浩有點傻眼，「啊？」

丁旭哼了一聲，「丁浩，以後再遇到這種事，你就別牽扯進去，知道嗎？要是哪天白斌厭倦你了，你可是會被當成政治犯關起來，喀嚓掉……」

丁浩不高興了。

「嘜嘜嘜，說什麼啊？什麼叫哪天白斌厭倦我了啊？我們的感情可是歷經磨難、情比金堅……」還想再說兩句，看到丁旭揉了揉手臂上的雞皮疙瘩轉頭就走，這死小孩立刻拐了回來，「不說這些了，我們說正事啊，丁旭，沒有人像你這樣不給面子的！」

丁旭被他拉著走不了，只能站在那裡聽了半天丁浩的煩惱，無非是出於自己的擔心，生怕白斌吃虧云云。

丁旭看他翻來覆去就那麼幾句，擺手讓他停下來，「我知道你想表達的是什麼了，我這樣跟你說吧，白斌這件事你不用管了，你這完全就是瞎操心。」

丁浩還是有點緊張，一張小臉都皺了起來，「你是不操心啊，又不是你家的事！我這輩子還寄託在白斌身上呢，我以前都不知道他……嘜，丁旭，那件大案子，我記得好像就是在這幾年發生的吧？」

幾年之後發生的那件案子影響太大，就連丁浩也記憶深刻。案發後由南及北，波及到的遠不是字面上說的那些人，就連京城裡的某位大人物也受到了影響。

丁旭點了點頭，聲音裡帶著一絲生硬，「嗯，明年，十月的事。」

明年十月，距離現在還有一年的時間，這是最後的盛宴，難怪白家也忍不住下手了。丁旭一直在心裡默數著時間的接近，暑假會和肖良文回X市也是為了這件事情。

他做了最後的努力，可是家裡的情況遠比他想像的更複雜，那散發著腐爛死氣的奢華，讓他不禁想起當初為何跟肖良文一起北上。

大概是，厭惡那樣的生活……厭惡看著一步步走向毀滅的過程。丁旭清楚地記得自己當年的經歷，可是他無力改變這些，有些事情並不是重生就可以扭轉的。

「……丁旭？」

抬頭看了一眼小心翼翼問著自己的人，丁旭收起自己的情緒，儘量用放鬆的語氣問：「什麼？」

丁浩看著他，小心地詢問：「那個，你家是在X市吧？這件事好像是針那個署裡……我是說，你要不要回去看看？」

丁浩想到丁旭還養著一個大個子，又要學費又要日常開銷，之前給的錢估計也用得差不多了。他拍著胸脯，展現了義氣，「我這邊手頭很寬裕，可以先幫你出車費。」

丁旭嘆了口氣，將手放在丁浩的肩膀上，「你知不知道，冒然給別人錢是一種很不禮貌的行為？」

丁浩愣在那裡，立刻跟丁旭解釋，「啊，我們不是『一起來』的嗎？而且又是朋友，我覺得朋友之間應該互相幫助，錢也是要花對地方，那個……」他看著丁旭瞇起的眼睛，抓了抓腦袋後問他：「那個什麼……我們是朋友吧？」

「你的腦袋裡果然缺一根筋……」雖然這麼說著，但嘴角還是不自覺地揚起來，難怪白斌會喜歡這個傢伙，還滿好玩的。看到丁浩快炸毛，立刻安撫了他，「好啊，我現在還不缺錢，等我要用的時候會去找你。」

丁浩悻悻然地閉上了嘴。丁旭這傢伙什麼都好，就是嘴巴太毒了，也不知道肖良文是不是受虐體質，怎麼偏偏挑了這個人？

丁旭送他下去，臨走前囑咐他：

「丁浩，你回去時叫白斌留意S市的情況，及早收手。」

如同每件事都會有導火線，S市就是點燃黑色十月的那根火柴。白家是家族性質的連體，白斌不做這些，並不代表別人也不會做，丁旭相信白老爺子在處理這些事上有自己的想法。

丁旭不會走這樣的路，但也不會對走這條路的人有特別的看法。

自古至今，仕途都不是那麼好走的，有些事你不知道，不一定代表沒有發生，你不想看到，也不代表它不會發生。

丁浩碰了碰他的肩膀，對他笑了一下，「先謝謝了，改天請你跟肖良文喝茶。」

丁旭撫了撫厚重的黑框眼鏡，嘴角往上挑起一點，「不用了，他向來都把茶水當白開水喝，你還是請他吃肉比較好。」

丁浩也笑了，他一直覺得丁旭是那種喝茶也要講究器具的人，聽到他說這樣的話，真是格外有趣，更覺得平易近人了，拍了拍他的肩膀痛快地答應了，「好，下次請你們吃烤肉，我先走了！」

◇

高中過得很快，丁浩的一門心思都放在學習上，白斌大部分的時間都陪著他，有時候會跟潘峰出去。

丁浩跟白斌說過了S市的情況，白斌表示會鄭重考慮，直到九月中旬才在跟白老爺子的一次談話中，徹底退出這起事件，讓丁浩鬆了一口氣。

白斌一直以為是丁旭家透漏的消息。丁旭家歷來從事這些，對這些事熟悉並不奇怪，可是看到十月之後關於X市的遭遇，也隱隱覺得沒有這麼簡單。

丁浩聽到白斌帶來的消息，也皺起眉頭：「你是說，丁旭爸媽要出事了？」

白斌點點頭，「我聽爺爺說的，X市那邊最近會有大動作。」丁旭父母在X市的位置太敏感，想要躲過去很難。

「那怎麼……」丁浩張張口又閉上了。

他有點明白丁旭的心情，明知道將來要發生的事卻無力改變，那滋味肯定特別不好受。難怪丁旭當初會那麼了解署裡的事情，也清楚地知道這些，這恐怕是他過去最難忘記的一段時間。

黑色十月之後，X市開始大力嚴查。

丁旭父母入獄，丁旭的爺爺也受到波及，老人的身體情況急劇變壞，家人朋友的隻言片語都容易讓老人心緒起伏，終於住進了醫院。不等其他親戚說什麼，丁旭就主動從爺爺家裡搬出去獨居了。

丁浩的日子照常過，白斌偶爾會被白老爺子叫出去幾天，每次照例都會帶禮物給丁浩，不過接到禮物之前會提問幾個英語單字，答對才有獎勵。得到禮物的過程很辛苦，往往都要氣喘吁吁才能拿到，早上的時候更慘一些，還要腰酸一會兒。

「我不要那個了……」

「哪個？」

上面的人故意曲解了意思，往裡面撞了撞，滿意地聽到小孩的吸氣聲才帶著笑意，低頭親吻他，「真的不要了？」

曖昧的熱氣噴在耳邊，丁浩臉上忍不住有些發燙，但還是咬牙說完那句話。

「我不要禮物了……唔啊！白斌，你混蛋，我都說我不要禮物了……嗯……啊啊……別動了……」

「好好好，不要禮物。」上面的人沒停下來，含著他的嘴親了又親，「那就是要我的這個了？」

丁浩差點被他氣死，手指在他背上使勁抓了一下，立刻感覺到身體裡的攻擊更厲害了。丁浩小聲地吸氣，求他慢一點，一大清早的，一睜開眼就這樣，誰吃得消啊？

「白斌，你流氓！」

「那這個是什麼？」手放在翹起來的上面，語氣裡也帶了調戲，咬著丁浩的耳朵說著兩人間的悄悄話，「這個是小流氓，嗯？」

丁浩的臉上有些潮紅，瞪著他，挺起腰更靠近他一些。

好不容易等到白斌舒服了，丁浩現在才能起床。收拾乾淨後，就看到白斌轉身又躺回去睡，甚至還打著呵欠對他拍了拍床墊，「浩浩，再陪我睡一下吧？」

白斌吃飽喝足後是脾氣十分好，在這種時候不管怎麼鬧都不會有事。

丁浩穿著外出服，直接飛撲上去壓住他，在他下巴上磨牙，「好啊，我陪你、睡！」

最後的睡字加了重音，咬完下巴又去啃他鼻梁，完全是報復行為。

白斌摸了摸他的腦袋，像是被貓襲擊的主人，有點無奈又寵溺地安慰他，「好了，好了，上次咬破了嘴巴可以說不小心，這次咬破鼻梁，出去就沒辦法解釋了。」手掌來回撫摸著柔軟的髮絲，感覺到下面熟悉的溫暖，「我先睡一會兒，等一下陪你。」

丁浩聽到他的聲音有點疲憊，抬頭去看，果然已經閉上眼睛準備要睡了。

丁浩也不再打擾他，翻身起來，「那你睡，我出去找丁旭。」

「浩浩，」後面的人側過身叫住他，笑了一下，「記得早點回來吃飯。」

肖良文那時候已經提前輟學了。他並不適合學校的生活，丁旭也沒攔著他，X市的事情已經成為過去式，沒有人會再來找他跟肖良文的麻煩。

丁浩到的時候，丁旭還沒回來，肖良文就請他進來坐，客氣地幫他倒了一杯水，「丁旭等等就回來了。」

丁浩連忙謝謝他，端著那杯白開水四處打量了一下。丁旭他們租的是兩房型，除了客廳就是一間臥室，裝修得很簡單，好處是有一些舊傢俱，直接住進來就可以了。

房間裡的擺設跟他上次來時沒有太大的區別，唯一多了的可能就是丁旭的複習資料。丁浩跟肖良文閒聊了幾句，諸如「你們在這裡住得習慣嗎？」、「附近買東西方便嗎？」、「丁旭這段時間複習滿累的吧？」。

……對方統統用一個字打發了他：「嗯。」

丁浩低頭喝水不說話了，他在心裡殷切盼望著丁旭的到來。在喝第三杯水的時候，丁旭終於回來了，在沙發上對坐不語的兩人馬上站起來，一個比一個還激動。

「丁旭！」

丁旭被他們嚇了一跳，站在門口換鞋的動作都停住了，「怎麼了？」

丁浩跑過去熱情地幫他拎包包，「沒事，沒事，我就是想你了，過來看看你。」

肖良文也過來了，伸手接過丁浩手裡的包包，「我來。」

那個包包很沉，他低頭看了一眼，全是工具類書籍，又問丁旭：「還是放在書桌上？」看到丁旭點頭，轉身就去了臥室。

他們住的地方客廳很小，而且丁旭晚上習慣晚睡，書桌就放到了臥室裡。

丁旭的頭髮長長了，跟以前一樣微微垂下來，遮著額頭，眼鏡也換成金屬細框的，襯得那雙眼睛更漂亮了。他換下外套，過來陪丁浩說話，「什麼事？」

丁浩上下看了他一會兒，忍不住伸出手，「丁旭啊，你也別老這樣累到自己，你看，下巴都尖了……」

丁旭拍掉丁浩伸過來的手，「有事說事，別動手動腳的。」

丁浩收回被拍紅的手，還在嘟囔，「真是的，長越大越見外了，我就是來看看你過得好不好，最近怎麼樣。」

丁旭比之前清瘦了許多，看起來精神倒是不錯，「還可以。」

幸好他這次上的是市立高中，這裡對他的輿論並不大，人們甚至更關心他的黑框大眼鏡換成了金屬細框的。除去每個月會在固定的時間去看望爺爺，丁旭還要準備高考。尚良文有自己要忙的事，除非越過他的原則，他通常也不會多管，日子過得很充實。

陪丁浩聊了一會兒，看起來也不過就是這麼幾句。

丁旭看了看手錶，剛過十點，也不準備留丁浩下來吃飯，客氣地結束了話題。

「說完了?說完了就走吧。」

他還有一堆事要忙。尚良文最近出去得太過頻繁，他得好好問問。

丁浩不走，支支吾吾地說出了來意，「那什麼……我也有點事要問你，你準備考哪個大學?」

丁旭想了想，「這個說不定，大概是S大吧，怎麼了?」

丁浩搖了搖頭，「沒事，我只是問問，不是快填志願了嗎?我就想看看到時候能不能分到同一間。」

丁旭也笑了，「你跟白斌準備去哪裡?」

「白斌是保送生，要去Z大，我的成績有點勉強，不過Z大那邊學校也很多，我到時候再就近選一個。」丁浩嘆了一口氣，「看來我們不會在同一個城市了，對了，肖良文要去哪裡？也跟你一起去那邊？」

丁旭微微皺起眉頭，「不是，他要留在這裡。」

丁浩有點驚訝，「留在這裡？做什麼？」

丁旭也不清楚，把肖良文的原話說給丁浩聽，「他說，這邊有他要做的事。」這也是他今天想跟肖良文問清楚的。

正說著，丁浩的手機就響了，本來以為是白斌打來的，接起來才發現是張陽他媽媽打過來的。

『丁浩，你奶奶突然昏倒了！我們現在剛到鎮上的醫院裡……』

丁浩的腦袋裡突然嗡地一聲。手機裡張阿姨的聲音很焦急，說的話也很清晰，但是他不管怎麼樣都沒辦法將它們湊成一句完整的話，腦中只迴盪著奶奶昏倒了……昏倒了……

丁旭看到他整個人都傻了，伸手就接過丁浩手裡的電話。

「喂，您好，我是丁浩的同學，請把剛才的話再複述一遍……好的！我馬上通知丁浩家人，立即過去！」他把手機塞給丁浩，拉著他起來，「走，在路上通知你家人，我陪你過去！」

肖良文也從裡面出來了，手裡拿著兩件外套，給了丁旭一件，「我開車送你們過去。」

丁旭雖然疑惑肖良文什麼時候有車了，但是現在也沒時間問了。而丁浩眼睛都紅了，緊緊抓著手就往外衝，「我、我要去看我奶奶！」

他們兩個趕緊跟上去。

肖良文不知道什麼時候學會了開車，對市區裡的小路也格外熟悉，七扭八轉就離開了市區，抄近路到鎮上。他對鎮上顯然也很熟悉，不用丁浩指路就到了醫院。

丁浩在路上聯繫了丁遠邊，那邊也剛接到消息，正在趕往鎮立醫院。

到了急診室，門口除了張阿姨還有丁浩的姑姑丁蓉，兩人都是坐立難安。丁蓉看到丁浩來了，還往後看了兩眼，「丁浩，你爸媽呢？」

「他們在路上，馬上就到。」丁浩的心情已經穩定下來，還安慰了丁蓉兩句，「姑姑，妳不要著急，奶奶會沒事的，別擔心。」

這番話也是說給他自己聽的，他為此做了這麼多的準備，丁奶奶一定會平安無事的。

不一會兒，丁遠邊他們也到了，跟來的還有丁浩的大伯。丁蓉看到兩個兄弟也來了，忍不住就要掉眼淚，「媽好好的，上午還說要挑菜包餃子……忽然就暈倒了，嗚嗚……」

兩人又開始安慰丁蓉，丁浩他媽也紅著眼眶，但還算鎮定，大伯母王梅也是不停地抬頭看著門口，等醫生出來才能問清楚狀況。

外面的護士請他們安靜等待，這樣反而不利於醫生的救助。丁蓉也收了聲，小聲地掉著淚，兩兄弟坐在門口，一時也不好再說什麼。

丁浩他媽把手裡的小包包遞給丁遠邊，老人家病了，沒十天半個月都別想從醫院出來，所以讓他先去住院部繳點錢，「包包裡帶了五千，要不然都墊上吧？」

丁蓉在旁邊攔住丁遠邊，「我上午來的時候繳了三千。」

丁浩他媽有點沒想到，跟王梅互看了一眼，也就沒再去繳，決定還是等醫生出來，問清楚再說吧。

丁浩看到人多，就讓丁旭跟肖良文先回去。丁旭有點擔心地看著他，「我們再等等吧，也滿擔心的。」

丁浩強扯出一個笑來，「你在這裡又不能加快醫生的速度，再說，你不是還要複習嗎？快回去吧。」勸完了丁旭，又挽著張阿姨的手送她出去，「阿姨，您也回去休息吧，這裡有我們就夠了。」

張阿姨還在為丁奶奶的事難過。丁浩請她照顧丁奶奶時還特意囑咐過，不要告訴丁奶奶是他花錢請人來照顧她的，她也就沒說。老人一直當她是朋友，被她照顧也是很不好意思，連連道謝。如今丁奶奶病了，她很是自責，「丁浩，我……」

丁浩連忙攔住她，「阿姨，您能及時通知我，我就很感激您了。」

老人本來身體就不好，他當初讓張阿姨來照看，也是以防有這麼一天能及時照顧、送去醫院，如今都做到了，也沒有理由責怪人家。

「讓您也跟著過來一趟，真是對不起。我們大家都過來了，您快回去休息一會兒吧，奶奶醒來後，說不定還要您多費心照顧。」

張阿姨這下才肯回去，「那好，我回去燉點湯過來。」

丁旭順路帶張阿姨一起回去，臨走時特意囑咐丁浩：「不要擔心，丁奶奶有你這麼孝順的孫子，一定會沒事。」

丁旭的聲音太嚴肅了，他這也是因為緊張。他爺爺當初住進加護病房，心情不比丁浩輕鬆。

丁浩站在臺階上跟他們揮了一下手，笑得滿難看地說：「嗯，我知道了。」

看著肖良文的小黑車開走了，丁浩才放下手臂，穿著厚外套站在那裡發了一會兒呆。

快入冬了，現在才剛過中午，天色就昏黃起來，看起來要變天了。冷而乾燥的風刮在臉上也不覺得痛，直到兩道車燈亮光打在他身上才有了點反應。

丁浩抬起頭來，看著停在醫院門前的那輛車，以及從車上下來的高大身影。丁浩抽了抽鼻子，發抖地開口，「白斌……」

白斌幾步走過去，先幫丁浩把外套上的帽子戴好，手碰到凍得冰冷的臉，微微皺起了眉頭。

「我去接張醫生來晚了，你應該進去等的。」

話裡有些不滿，但丁浩也不管這些，紅著眼眶看著他，心裡的不安一下就有了發洩的地方，「我奶奶、奶奶……」

白斌安慰地拍了拍他的肩膀，小聲哄著，「奶奶會好起來的，沒事的，相信我。」

後面跟來的張醫生也爬著臺階上來，手裡提著自己的小箱子，「噯，白斌，你接我的時候好歹還會幫我拎包包什麼的，到了目的地就不管我這個老頭了。」

白斌跟張醫生很熟，聽他這麼說，立刻去幫他拎起手裡的小箱子，丁浩也把他當成救命稻草，紅著眼睛，都恨不得扶著他走路了，「張醫生……」

張醫生有些受寵若驚，被丁浩一路扶到了急診室那邊。他和這邊的醫生也很熟，在路上問了情況，也安慰了一下丁浩：「發現得很及時，腦血栓也有分輕重的，老年人得這個的很多，不一定都那麼嚴重。你不要擔心，我們先等看看，穩定情況。」

丁奶奶的病情果然如同張醫生說的那樣，並不是很嚴重，很快就穩定下來了。因為出血很少，醫生建議保守治療，「老人年紀大了，開刀都是有風險的，不一定比這樣好。」

丁浩不放心，又諮詢了一下張醫生，得到了一樣的回答。不過，他希望丁浩讓丁奶奶到市立醫院配合治療，畢竟儀器也比這邊先進一些，對老人總有好處。

丁浩立刻點頭答應了，他也是這麼想的，就等病情初步穩定了再轉移。

丁蓉本來想一起去，但是張蒙那邊不知道鬧出了什麼事，回去了一趟。再來的時候，臉色很不好，丁媽媽跟大伯母王梅都勸她別去了。

「家裡有事就先回去忙吧，我們都住在城裡，也能輪流照顧啊。」

丁蓉遲疑了一下，點頭答應了。再看向丁奶奶那邊，忍不住又要掉眼淚，丁媽媽趕忙勸住她，扶她到外面，「不要再哭了。媽的病剛有一點起色，妳這一哭，會嚇到她老人家。」

王梅也在旁邊安慰她，「是啊，醫生也一直都說不嚴重，由我們照顧也一樣啊。」她想得比較多，看到丁蓉哭，八成是家裡出事了，「不如妳先回家吧，這邊人手也夠了。」

丁蓉哭了一會兒，卻也沒說什麼。

丁奶奶最後轉去了市立醫院。住院期間，本來由丁媽媽跟王梅輪流照顧，沒想到張阿姨也過去了。她一直都對丁奶奶的事過意不去，正好鎮立國中也快放假了，沒有很忙，就特地請假過來照顧老人。

丁浩十分感謝她，想要另外發薪水給她，張阿姨不要，擺擺手退回去了，「丁浩，平時丁奶奶也沒少照顧我跟張陽，你再這樣，就真的見外了啊。」

張阿姨來了，對丁奶奶的病情好轉也有幫助，畢竟全職的看護比一邊上班，一邊輪流照顧好一些。丁奶奶跟張阿姨也聊得來，老人心情一好，病自然也好得比較快。而且，從一些平常的小事上就能看出張阿姨的細緻耐心，讓她照顧丁奶奶，還真是找對了人。丁浩心裡更是感激她，想等張陽考上大學，再送上一份大禮。

丁媽媽跟王梅並不知道張阿姨的事，只以為是丁奶奶平時留下的好人緣，也對張阿姨很客氣，買水果什麼的，也都會帶一份給張阿姨。

眼看丁奶奶是真的逐步好轉了，丁浩這才有心思回去上課。這段時間他很常來，有時候是陪著丁奶奶，有時候是去騷擾張醫生，也不多說話，就坐在人家辦公室裡嘆氣，搞得好幾個來看病的人硬生生被丁浩嚇跑了——這一個小孩看了一個多星期都沒看好，這個醫生恐怕不行！

張醫生都快被他弄出憂鬱症了，實在忍不住了就哄他走，「你去看看你奶奶吧，丁浩，我這個老頭子的茶葉都快被你喝光了。」

丁浩看了他一眼，又嘆了一口氣，「我擔心啊，您說我奶奶的身體什麼時候才會好起來呢……」

張醫生也跟著嘆了口氣，「你今天都問我幾十遍了。現在不是正在逐漸好轉嗎？」

丁浩還是很哀怨，「那是這兩天才好一點的，為什麼一下子嚴重一下子好轉呢？」

張醫生試著開導他，「整體情況是在好轉的，這已經很不錯了。你看啊，病來如山倒，去如抽絲，這是一個長期的過程，這期間總是會反覆一下的。不要壓力那麼大，我看你奶奶的精神都比你好一些。」

丁浩騷擾完張醫生，默默地回去病房看丁奶奶，並在病房外面看見了張陽，還提著一包綠豆糕，看到丁浩過來，就笑著跟他打了招呼：

「丁浩，你有段時間沒去學校了吧，一直翹課待在丁奶奶這裡嗎？」

丁浩知道他是在逗自己，也跟著點頭，「是啊，高考壓力大……」

兩人推門進去，丁奶奶正坐在床上拿著剪刀，擺弄那一堆色紙。老人閒著沒事迷上了剪紙，看到他們來也不剪了，笑呵呵地招呼他們，「張陽也來了啊，不是說了，別帶東西來，你這孩子又帶什麼來了？」

張陽把綠豆糕盛出來一點，放在小桌子上，又把剩下的幫丁奶奶收到櫃子裡，臉上笑得很溫和，「上次聽我媽說您想吃綠豆糕，正好學校那邊有現做的，就買了一點過來給您。」

丁浩拿了一塊，放在丁奶奶嘴裡，「那就得趁新鮮吃了，奶奶，您嚐嚐？」

丁奶奶被這兩個孩子哄得心裡像吃了蜜一樣甜蜜，別說吃綠豆糕，就算是喝白開水也舒坦，「好吃，你們也嚐嚐啊！」

兩個人陪丁奶奶說了一會兒話，又看了老人最新的剪紙作品，看著紙上富態的小豬很是有趣。丁浩臨走時，和丁奶奶要了一張小豬的剪紙，老人大方地附贈了一隻小老鼠，「看，這個也好看，多機靈啊。」

張陽看到那隻小老鼠也喜歡，也和丁奶奶要了一張，「我拿回去當書籤。」

丁奶奶見到有人捧場，很高興地答應了，「那我以後得加把勁，多剪一些漂亮的了，這拿去當書籤可是會讓人看笑話喲！」

丁浩怕老人累到，連忙勸她，「哪裡啊，奶奶！現在都喜歡原生態，這樣的才好呢，這叫藝術品！」

老人被他逗得很開心，「那你下次來的時候，奶奶再剪給你啊！浩浩，你跟張陽去學校吧，快考試了，再不去就跟不上了啊。」

丁浩應了一聲，這才跟張陽一起離開。

一路上還是沉默，張陽也猜不透他的心思，只能從丁奶奶好轉的情況開始說。

說了半天，丁浩幽幽地開口，「張陽啊，當醫生真好。張醫生跟我說了，我奶奶是當時救得及時，不然也是有危險的。你看，關鍵時刻還是得看醫生……」

張陽若有所思地看著他，果然，丁浩下一句就是：「當醫生也是個不錯的選擇吧？你以後要學醫的話，一定要先照顧老丁家的人啊。」

張陽看著他，噗哧一聲笑出來，「你怎麼還在惦記這個！」

這是丁浩很久以前開的玩笑，沒想到如今又被搬了出來。看到丁浩的眼神越發哀怨，他立刻舉雙手投降，「好好好，我知道了，我要是將來學醫，一定對老丁家湧泉相報，肯定會噴湧地回報，行了吧？」

丁浩滿意地點了點頭，拍拍張陽的肩膀，「你要是學醫，那真是我的福氣啊。」其實丁浩也只是說說，並沒有當真的想法。

不過，後來張陽真的成為一名醫生的時候，還是讓他震驚了一把。看著張陽那嶄新的白袍，有種神奇的感覺，好像隔壁的窮小子搖身一變，瞬間成了多金溫柔的男人。丁浩送出的祝福語是，「真沒想到你還有今天……」

這感慨的語氣比較好理解，只是說出來的話讓張陽笑容一僵，覺得聽起來像是尋仇的。

丁浩對他的成長做出一定的讚揚，讓張陽有一種長輩看晚輩的錯覺。不過他當初的諾言倒是真的實現了，老丁家沒少沾他的福氣，尤其是常被白斌壓來為某個部位做檢查的丁浩，張陽湧泉相報地都回報到了丁浩身上。

只是每次檢查完，臉都紅得比丁浩還厲害。

不過，現在的張陽明顯還在為以後的志願做艱難的選擇。他常看的書籍裡夾著一張紅色的小老鼠剪紙，每次看到都忍不住笑出來。

這個簡直太形象化了，一隻活靈活現的偷米小老鼠，那得意的模樣跟某人一樣。

而丁浩拿回來的剪紙一張壓在書桌的玻璃下面，一張送給了白斌。

白斌手裡拿著那隻小豬，挑了挑眉，「這個要給我？」

丁浩點了點頭，「是啊，我奶奶給的，小老鼠是我，這個是你。」

白斌的嘴角抽動了一下，「這也是奶奶說的？」

丁浩很認真地對他撒謊，「沒錯。」

白斌把那隻小豬夾在正在看的書裡，熄燈後開始用「刑」逼供，「說實話！」

「哎喲，哎喲！就……就是這樣說的……啊哈哈哈！」丁浩被他按著撓癢，差點蹬了被子，「白斌，你這樣不道德啊！」

白斌抱著他翻了個身，讓丁浩在上面，一手摟住他的腰，一手在他的屁股上拍了兩下。

「最近沒有好好上課，果然胖了一點。」

丁浩剛才笑得差點流眼淚，現在一雙眼睛還是水汪汪的。

「白斌，我能不能休學一年？我今年不想考試了，我想陪奶奶。」

白斌揉了揉他的腦袋，跟他抵著額頭說話，「我理解你的心情，但是你陪著奶奶，也不一定能好得比較快，對吧？」

丁浩貼著他的額頭蹭了蹭。被白斌抱習慣了，他也漸漸喜歡上這種親昵的小動作。

「我知道，可是我就想陪著奶奶。」

丁浩心裡一直放不下，丁奶奶的身體正在逐漸好轉，但是時不時的惡化總會讓他不安，好像有什麼事是他沒注意到的一樣。

白斌又開始皺眉頭，「你一定要去？」

丁浩用力地點了點頭，額頭碰到白斌的，連帶著他也動了兩下，「我說真的，你要不要幫我啊？」

白斌盯著他看了一會兒，還是嘆了口氣，「好吧，我去幫你辦手續。」

趴在他身上的小孩立刻歡呼一聲，給了他響亮的一個吻，「白斌，你真好！」

「先別高興，」摟緊了丁浩的腰，白斌提出要求，「每天晚上要回來住，知道嗎？」

「知道！」

◇

白斌沒幫丁浩辦休學，只是讓他轉到鎮立國中的高二去了，又跟鎮立國中的長官特意講了一下，也只是掛個名分，上不上課都可以。

他覺得休學對丁浩沒有好處，轉學、重讀也能多少常跟學校接觸。而且他去看過一次丁奶奶，老人的身體恢復得很好，只是一直對住在市立醫院很不安，不願意多花兒女們的錢。

白斌權衡了一下，決定還是按照老人的意願去做，讓老人回鎮上療養，那麼讓丁浩轉學是最恰當的安排。

丁遠邊比較晚知道丁浩轉學的事，他這段時間也看見丁浩老是往醫院跑，說了幾次，但成效都不大。他也知道丁浩跟丁奶奶的感情，實在不好讓他安心上課，不用過來。等到丁奶奶的病情好轉，回到鎮上療養，丁浩也揹著包包一起竄了回去，丁遠邊才覺得不對勁。

丁浩揹著書包振振有詞，跟丁遠邊擺事實講道理，「我壓力大！我要回鎮上再讀一年！」

丁遠邊還沒說話，丁奶奶就開口幫腔，「那就在鎮上吧。都是學校，只要浩浩認真學，在哪裡都能學好！」

丁遠邊被丁浩氣到不行，捲起袖子就要揍他。

「媽，您不懂！這小兔崽子膽子越來越大了，說都沒跟我們說一聲就……」

丁奶奶不高興了，「小兔崽子、小兔崽子地在叫誰啊！你們小時候，我有這樣叫過你們嗎？」

丁遠邊看到丁奶奶臉色不好，也不敢再讓老人動氣，醫生說過，這種病，情緒起伏千萬不能太大，是大忌。他訕訕地收了手，心裡也不服氣，「您也不能老是這樣幫他，樹長高了也得修整啊！」

「你成天逼孩子做什麼！我覺得浩浩很好，從小就沒讓你們操過心。」丁奶奶一把攬過丁浩，寶貝地摟著不放手，「我前兩天看電視，高考生受不了壓力自殺的可不少，再說了，上學還不是為了將來有口飯吃，你要是真的把他逼急了，現在也不用吃飯了！」

丁遠邊被丁奶奶呵斥回來，無奈之下，只能同意丁浩去鎮立國中上課，他也對丁浩今年的高考不抱指望了，只希望明年丁浩能懂事地自己挺過去。

丁浩離開城裡的時候，特意去市立醫院找張老頭拿了一些藥。

張老頭雖然是個外科醫生，但是資歷深，不管走到哪裡，別的醫生都得喊他一聲「老師」，這是尊敬。他看到丁浩來了，也實心實意地幫丁奶奶準備了藥，大部分是以前常吃的那種，又加了一瓶補充營養的，在丁浩要走前還囑咐他，「回去按照剛才說的吃，千萬別忘了時間。」

丁浩點頭答應了，捧著那一堆藥再三謝謝張醫生。

「當年你還尿床呢，皮得到處跑，抓都抓不到，唉！一眨眼就長這麼大了。」張醫生呵呵笑了，「小丁浩啊，難得你有這麼乖的時候。」

丁浩不知道這句話算不算誇獎，咧著嘴意思意思地笑了兩下。

在鎮上的生活比較安靜，丁浩平時就陪著丁奶奶，有的時候去上課。

他明顯感覺自己找回了自尊，在鎮上努力一點都能考第一，讓丁浩得意了一把。

丁奶奶看到丁浩成績好，也很高興，老人覺得丁浩的壓力是真的減輕了。

鎮上的拆遷已經開始了，新的住宅蓋起來比較快，配合入住的人還有一定的優惠政策，送個電鍋、太陽能熱水器什麼的。丁奶奶只要住在鎮上，對具體位置也沒什麼意見，而且聽說那邊有個新的廣場，老人已經在聯繫老姊妹們，想等蓋好了就去那裡跳團體舞。

依舊在照顧丁奶奶的張陽媽媽倒是有點為難。她住的是丁奶奶家的老院子，是在第一批規劃圈裡，要更早拆遷，眼看著牆上都噴上標記了，她還沒找到臨時住的地方。這裡是丁浩租給她的房子，這一拆，也不知道能去哪裡住。張阿姨前腳忙著找房子，丁浩後腳就來找她了，開門見山地跟她說明了情況：

「阿姨，您不用擔心房子的事了，這幾天先住在我奶奶這邊吧，等過兩天就能搬了！」

張阿姨有點疑惑，「搬？搬去哪裡？」

丁浩拍了一下額頭，「嘿！您看我這記性，這段時間忙著找人裝修，還來不及告訴您。老院子那邊不是也依照坪數分到了房子嗎？白斌家的親戚還是不來住，我想跟之前一樣租給您。」想了想，又特意解釋了一下，「房租還是一樣，不過時間倉促，裡面是原本的簡單裝潢，您先將就地住吧。」

張阿姨有點不敢相信，「房租還是一樣？」

一千多塊就能租透天厝住一年，真是太便宜了，當初住平房也沒這麼便宜過。

丁浩笑了，「是啊，老院子房子大，就分到了兩套呢，您就放心住吧！」

張阿姨也知道白斌家的情況，猜想是這位親戚也不缺錢，但還是滿懷感激地謝謝丁浩。要是沒有丁浩幫忙，人家也不會無緣無故地租給她。

「真是謝謝你了啊，丁浩。」

她這兩年省吃儉用地存了一些錢，一心想供張陽上大學，正在怕房子會花多太錢，無法支持張陽讀書呢。丁浩碰巧就帶來消息了，可真是及時雨。

解決了張阿姨住房的問題，丁浩又回去丁奶奶那邊忙碌。

老人非要提前收拾東西，丁浩自然陪著她做，張阿姨搬過來以後，也積極地幫老人裝東西。出奇的是，張蒙竟然也跑來幫忙了，這位大小姐十指不沾陽春水的，竟然伏下身子，幫丁奶奶收拾起了櫃子，真的在工作，那認真的架勢連丁浩都自愧不如。

丁浩決定要表揚她一下，趁打掃臥室的時候湊過去，拍了拍她的肩膀，「張蒙，妳是不是吃錯藥了？」

張蒙背對著門口，沒想到後面有人，「啊」了一聲，嚇到手裡的東西都掉到了地上，回過頭來時，臉都白了，「丁、丁、丁浩！」

丁浩看著她，眼神更疑惑了，撿起掉在地上的東西來看，是丁奶奶平時吃的降血壓藥，是小綠瓶，沒什麼特別。

「妳拿這個幹什麼？」晃了晃，那瓶子裡也沒幾粒了，聲音還很響亮。

張蒙吞了一下口水，聲音有點發抖，「我……就看看，那什麼，奶奶今天吃藥了嗎？」

「早吃完了。」

丁浩對她古怪的行動也沒多在意，隨手把小綠瓶放在口袋裡就出去了，他只覺得張蒙是長大了，開始關心人了，但在那之後發生的事情遠遠超出了他的預料。

丁奶奶晚上吃藥的時候，丁浩坐在旁邊。他看著桌子上的小綠瓶，忽然想起了今天打掃時撿到的那個，也一起拿出來。不知道是不是晚上燈光的原因，兩個藥瓶看起來不太像，一個顏色稍微亮了一些。

丁浩心裡很疑惑，拿著兩個瓶子仔細對比了一下，還真的有點不一樣。

他今天撿到的那個瓶子上，英文說明跟丁奶奶吃的這個明顯不同，只是都是字母，不仔細對比也發現不了。

丁浩皺起眉頭。他跟白斌之前都是從張醫生那裡拿的藥，照理說應該都一樣的。

「奶奶，這個是什麼時候拿來的藥啊？」

丁奶奶也記不太清楚了，看到這兩個瓶子沒什麼不同，說：「都是這次一起拿來的吧？總共就這些藥，除了你帶回來的也沒有了……喔，蒙蒙也送了一些過來。」

丁浩的心臟微微揪緊，不知道為什麼，他對這件事格外在意。

「您說張蒙也拿藥過來了？跟這個小綠瓶一樣的？」

丁奶奶笑呵呵地點了頭，「是啊，她說不能讓你一個人偷偷孝順，就讓她爸也買了一盒這個，拿過來給我了，也想盡盡孝心。」

丁浩對張蒙的話感到懷疑，找了空檔，拿著這個小綠瓶去市立醫院找張醫生。

張老頭一眼就看出這個小瓶子的真假，「這不是我拿給你的吧，丁浩？」

丁浩點了點頭，「您能幫我看看這裡面是什麼嗎？」

張醫生點頭答應了，拿走一粒送去做鑑定，丁浩在外面等著。

之後，張老頭看到鑑定結果，走出來時臉都黑了，「丁浩，這個藥是什麼時候拿的？你奶奶吃了？」

丁浩被他一連串的提問問得有點緊張，「什麼時候拿的我不太清楚，大概是吃到十一月份，就是我奶奶送去鎮立醫院之前，大概吃了三瓶……」他當初對這個不放心，特意留心多問了丁奶奶幾句。

張醫生皺起眉頭，「這不是治療高血壓的藥，盒子看起來一樣，不過裡面的成分不對。你這是買到假藥了，這東西對治療沒有半點好處。這樣吧，你抓緊時間，讓你奶奶再來做一次檢查，她上次病發也很有可能是跟這個藥有關係。」

丁浩有點心涼，「您是說……我奶奶現在還很危險？」

張醫生搖了搖頭，「危險期已經過了，只是再做一次檢查，確定一下。下次這種事一定要注意，有什麼情況也要早說。」

丁浩對張蒙幹的蠢事一陣氣悶，但是她畢竟算是一片孝心，丁浩也只能強忍住，沒去找她算帳。

他想了一個「免費體檢名額，不用就浪費」的理由，好說歹說地哄丁奶奶再來做一次檢查。查出病因，也就好診斷了，幾個醫生把之前給的藥都換成新的，重新制定了治療方案，依舊是保守治療，只是飲食上嚴格了許多。

丁浩這次學聰明了，把帶回來的小藥瓶做了標記，拿給張阿姨看管，又把飲食方面的注意事項列成清單給她，讓張阿姨多照顧一些。

第六章　搬家

張蒙從丁浩拿走小綠藥瓶之後，就再也沒過來了，丁浩想到她走的時候臉色蒼白得很，也只哼了一聲，不再重提舊事。丁奶奶剛復原，他不想讓老人再為這些破事煩心。

鎮上第一批拆遷的住戶已經陸續住進了新房，張阿姨想等丁奶奶搬家的時候再跟著一起搬過去，老人現在一個人住，她也不放心。

這些日子相處下來，丁奶奶也快把她當成自己的親閨女一樣疼愛了，張阿姨對老人照顧得更是用心。

不過，知道以後自己也能住新房子了，張阿姨對住宅區也多了幾分關注，時不時還會跟丁奶奶去那邊晃幾圈，兩人有說有笑的，權當成鍛煉身體了。

丁浩用老院子換了兩套房子，一套租給張阿姨住，剩下一套幫自己留著，也把租出去的房屋鑰匙交給張阿姨，讓她自己照顧。丁浩在照顧丁奶奶跟上課之餘，也慢慢地找了些裝修設計，跟白斌商量之後，定好款式就動手裝修。他想在這邊弄個暖和的小窩，以後白斌再過來，就不用擠著睡了。

白斌對他這個想法沒多說什麼，他知道丁浩對小鎮上有感情，而且丁奶奶肯定不會搬離那裡，留個住的地方也不錯。不過，對於丁浩「白斌不喜歡擠著睡」的觀點挑了挑眉，誰說他不喜歡跟丁浩擠著睡的？雖然擁擠了一點，但是這樣暖暖地抱著小孩，格外容易入睡。

高考時間越來越近，張阿姨也明顯開始跟著緊張起來。張陽星期六日也不回來了，留在學校專心複習。張阿姨儘量在星期六送一些好吃的去給他，但是又不敢去得太頻繁，生怕打擾到他。

張陽的心態很好，每次張阿姨去都是笑著把媽媽接到宿舍裡，跟她說學校有趣的事，有時候也會問問丁奶奶和丁浩的情況，聽到丁浩最近的倒楣事也會笑彎了眼，「哦？丁浩去屋頂曬被子，又下不來了啊？」

張阿姨也笑了，「是啊，說要趁著太陽大，曬一天消毒，哼哼哧哧地爬上去，一轉身就自己把梯子踹翻了，也一起曬了大半個中午才下來呢！」

張陽仔細聽著，滿相信這件事是丁浩會幹出來的事，笑嘆了一句，「那他這次也算是一起徹底消毒了，呵呵！」

只是這麼想，張陽也能感覺到一陣陽光曬過的溫暖。丁浩這個人總是能在最緊張的時候安撫他的情緒，有時候，張陽覺得養一隻這樣的寵物真的很不錯，不過，丁浩顯然已經是有主人的了，而白斌這個人並不是他能替代的。

至於丁浩的主人，現在明顯比張陽悠閒許多，正抽空過來看倒楣的丁浩。

白斌週六日也排得比較滿，有時候會讓董飛替他送些東西過來，但大多數時候還是會儘量抽出時間，回來鎮上感受一下這樣重逢的小溫暖。

白斌去鎮立國中接丁浩放學，然後陪他到處走走。有一段時間沒見，丁浩的五官漸漸長開，沒有了當初的一團稚氣。白斌看著他，有種小孩偷偷長大了的錯覺。

他想起董飛的報告，忍不住又笑了，「聽說你在屋頂上曬了一個中午？」

丁浩摸摸鼻子，不自在地哼了一聲，「我是上去曬被子，不小心……」丁浩開始自我表揚，試圖幫自己找回面子，「噯，白斌你怎麼不聽一點好事啊？董飛有告訴過你，我考試是第一名嗎？」

白斌捏了捏他翹起來的鼻子，看著丁浩得意的神情就覺得有趣，「說了，不過總成績沒有提高，不能只看全校排名。」

丁浩嘟囔了幾句，看到路過的小樹林又有了精神，指著那邊跟白斌咬耳朵，「看見沒？那邊就是李盛東當年的『地盤』，現在還有人在說他當初入學的事呢，說是開學頭一天，就把三個人揍到腦袋開花……」這死小孩擠眉弄眼，一看就知道是幸災樂禍。「李盛東他爸賠了人家醫藥費，回來把他揍得好悽慘啊，嘖嘖！」

白斌穿了一件淺色的風衣，一邊走一邊聽他說，看到風還是有點涼意，就把丁浩的手也放在衣服口袋裡，一起握住。

丁浩有點不自在，動了兩下沒掙脫。白斌對他很了解，立刻轉移話題，「那李盛東現在去哪裡了？」

丁浩果然想到李盛東那裡去了，手也忘了再掙脫。

「好像去內蒙了吧？他爸的工廠在這幾年弄得很大，在外地也有分廠了，說是去那邊找原料了。」

白斌喔了一聲，他對李盛東家裡的企業也聽過一點，在當地還算可以，市裡還頒發了一個獎給他，說是為周邊地區發展做出了貢獻。再加上這邊的地皮開始升值了，李家那一大片廠房選的地方不錯，周圍都會規劃成商業區，李家在這個時候外遷很正確，稍微一挪地方，就又是一筆資金。

兩個人說了一會兒，白斌想送丁浩回去，那位卻站著不動了。

「白斌，那什麼，今天是星期六……」

白斌點了點頭，「怎麼了？」

就是因為是週六，他才有時間過來。保送生的考試時間和內容稍有不同，要提前進行預考和綜合能力測試，再加上白老爺子那邊有事，這段時間他忙得很，算一算，也有一個月沒見到丁浩了。

丁浩抓了抓頭髮，「奶奶現在身體滿好的，張阿姨照顧得很細心。」

白斌看著他，等他說完。

丁浩的眼睛不敢看他，到處瞟來瞟去，放在白斌衣服口袋裡的手也動了兩下，「我是說，這次是星期六，高二的功課也沒有多忙……」

白斌笑著看他，「嗯，然後？」

丁浩的鼻尖都有點冒汗了，瞪了他一眼，「沒有了！你回去準備吧，高三的人了，多少也該有點緊張的模樣……」

話還沒說完就聽見白斌低沉的笑聲，腦袋上也被寬大的手掌揉了兩下。

「我也想要你，不過明天還有事情，我可不想早上被纏著起不來啊。」

丁浩覺得頭頂的溫度一直延續到了臉上，燙得很，「誰、誰纏著你了！明明每次都是你纏著我！」

白斌捏了捏丁浩的臉，指尖不自覺地在他的唇上流連不去，「真想快點結束考試，我很想……起不了床。」

這個小小的願望未能滿足，不過還是得到了一點甜頭，幾個深吻讓白斌稍微緩解了思念的心緒。現在還不是可以休息的時候，白斌還有自己的一些想法要去實現，必須按照自己的計畫進行。

除去學校的事情，白斌接下來要忙碌的事還很多。最近的一次書房商談中，白斌跟白老爺子商量了下一步打算，有一些通過，但有一些老人不完全贊同。

白老爺子隱約察覺到了什麼。白斌說得很婉轉，但是看著他制定的計畫表，白老爺子覺得自己跳進了白斌早就著手挖好的坑。

老頭有些鬱悶，手指在白斌遞過來的那份計畫書上來回敲著。

「你要去Z大我沒意見，但是丁浩……沒有必要跟你一起過去，在Z大附中讀書吧？就算將來要考大學，也不一定非要去Z大啊……」

老人單純覺得Z大不好考，大學院校那麼多間，沒有必要讓丁浩擠這一根獨木橋。

白斌坐在老人對面，表情十分鎮定，「Z大的理工類排名靠前，他很適合去那裡。還是您不相信他能考進去？」

白老爺子頓了一下，丁浩的成績他知道，要應屆考進去，可能有點說不準，如果按照白斌的計畫進行，進Z大絕對是十拿九穩的事。可是，偏偏是這個十拿九穩讓白老爺子心裡突地跳了一下……這種被牽著走的感覺真不好。

白老爺子想了想，也不好直接拒絕。他是從A市起家的，白斌進那邊的Z大更是早就定好的，以至於白斌畢業之後的道路也都在規畫之中，在高中最後的這個節骨眼上，白老爺子不準備跟他為這種小事計較。

「好吧，你先忙你升學的事，這個等秋天再說。」

白斌似乎對白老爺子的話早有預料，十分乾脆地點頭回應，「那我先回去了，這兩週事情多，我可能不太方便再過來。」學校裡還有一些交接資料需要整理。

白老爺子對待高三的孫子還是很體貼的，連忙告訴他在忙完之前不用過來。

「先照顧好自己，萬事不急在這一時啊。」

老人單純是在擔心白斌會緊張，雖有保送名額，但是白斌對自己的要求依然嚴格。有些事情不是保送就能處理好的，這孩子從小順風順雨，這時候更不能給他壓力。

白斌這位應考生倒是比白老爺子還放鬆一些，微微笑著道：

「好，我知道了。浩浩轉學的事爺爺要記得，高考完的假期比較長，您不是希望我跟您一起去一趟A市嗎？我們也順路去辦一下。」

不只是跟隨白老爺子去A市走訪，更重要的是白斌要開始接觸那邊的圈子，慢慢為自己打下基礎。就像他這次來，是為了提前通知白老爺子一聲，以後的路，他會慢慢為丁浩和自己鋪好。這是第一步，一旦有了開端，接下來的事情就可以順理成章地走下去，況且白老爺子對這個開端的反應還不錯。

白老爺子聽到白斌的話，一環套一環的，也只能點了頭，「那去A市的時候辦吧。」

還有三個月的緩衝期，白老爺子在心裡安慰自己，可能是這兩個孩子從小一起長大，實在分不開……

自己勸了自己半天，老頭更鬱悶了。他發現他沒有理由讓白斌跟丁浩分開，丁浩跟白斌關係好，不都是他們支持的嗎？總不能因為長大了，就不讓他們來往了。

老頭回想著白斌的話，想了半天，始終覺得不是滋味，心頭火一上來，乾脆打電話去G

市，逮住白書記罵了一頓：

「你看看！你們自己兒子放著不管，越大越有能耐了……呸！誰誇你生了個好兒子？那是我老頭子教育得好！哼！誰叫你們高興，大的管不了，小的跑到國外管不到……嘜，白傑呢？最近怎麼樣啊，在國外還適應嗎……」

白老爺子到底是個疼愛孫子的好爺爺，幾句話就轉移到小孫子白傑身上去了，心情也漸漸好轉。

◇

高考在最炎熱的季節到來，十二年的辛苦讀書，所有希望都放在那一張薄薄的紙上。一個人的命運很奇妙，有時候，只要幾個數字就可以改變，並不是說沒有這幾個數字，你的人生就被否定了，只是有了它，會更有權利選擇自己的將來。

張陽以高分被A市的某醫學院錄取，張阿姨高興得擺了酒席，請鎮上的熟人來吃，丁浩跟白斌一起去祝賀了他。

與張阿姨的興高采烈不同，張陽臉上的笑有些含蓄。醫學院五年的學習時間稍顯漫長，期間的費用可想而知，張陽不希望全部交由母親負擔。很快，他的擔憂被丁浩的一個信封打消了。

他晃著手裡的信封，裡面是厚重紙鈔發出的摩擦聲，「這是什麼？」

丁浩很喜歡張阿姨做的蔥油淋雞，被張陽叫進來時，手裡還拿著雞翅不放下，「喔，這是恭喜你考上大學的禮物，本來想買個筆記本送你，但是不知道你喜歡什麼款式的，」把剩下的雞翅啃完，咬著骨頭，含糊不清地解釋，「反正我們這麼熟了，你自己去挑吧！」

張陽把信封還給他，「謝謝你的好意，但是這份禮物我不能收。」

丁浩嘴裡含著半塊骨頭，臉頰都鼓起了一邊，伸手就把信封推回去。

「張陽，你肯定沒打開看吧？」看到他要說話，擺了擺手也不聽，「你先打開看看。」

張陽有些遲疑，他的確是沒打開來看過，但是這很明顯就是錢吧？丁浩又催了一遍，他這才打開來看——的確是錢，還有一張紙條。

張陽把紙條抽出來看了又看，有些不確定地抬頭問丁浩，「借據？」

丁浩還很得意，「是啊！」

張陽晃了晃手裡那張日期、金額都寫好了的借據，更加困惑了，「你之前不是說，這個是送給我的升學禮物？」

「嗳，那是客氣話！我知道，你這個人多正派啊，這筆錢就算送給你，你也不會拿！」

丁浩擦擦手，拍了拍張陽的肩膀，一副我理解你的樣子，「你看，我幫你把借據都寫好了，一式兩份，你在這裡簽個字就好。」

張陽被他的一席話說得哭笑不得，「丁浩，你真的是來祝賀我的？」

丁浩點了點頭，「沒錯啊！張陽，你能考上這間學校，我打從心裡替你高興，真的！」從桌上拿筆遞給他，指了指手裡借據右下角副聯的地方，「這裡也別忘了簽上名，我要拿回去做憑證。」

張陽還真的用筆在上面簽了自己的名字，兩份都簽了，也都放進自己的口袋裡，看著丁浩微微笑了一下，「這樣吧，兩份都放在我這裡保管，等我有了錢一定還你。」

丁浩挑了挑眉毛，「那萬一你窮一輩子呢？」

這死小孩說話太直接，張陽愣在那裡，好一會兒才從他無心的詛咒裡回過神來。他也不至於慘到那個地步吧……想了想，還是大方地寬慰一下丁浩，「如果還不了，那就當作你送我的禮物好了。」

他真的不是在報復，單純是模仿丁浩的思維說話，嗯，沒錯。

張陽模仿得太成功了，以至於丁浩都忍不住讚揚了一句，「你真無恥。」

張陽臉上還是帶著淡淡的笑容，丁浩給他的刺激太多，他終於真的做到了寵辱不驚，「謝謝誇獎。」

兩人聊了一會兒就出去了，張陽對於丁浩的好心還是十分感謝的。他知道，丁浩在用自己的方式說明他這個人……無恥得很可愛。張陽看著丁浩鼓鼓的臉頰，忽然很想戳一下，應該是軟軟的吧？

門口的陰影忽然傾斜過來，瞬間籠罩在他們前方。張陽抬頭就看見了白斌，一身T恤加上牛仔褲，竟然能讓他穿出正裝的錯覺。

白斌做了張陽一直想做的事情。他用手指擦了擦丁浩的嘴角，又戳了一下他鼓起來的包子臉，「貪吃鬼。」聲音淡淡的，卻也不難聽出對丁浩的寵愛，「都說完了？」

丁浩點了點頭，似乎不覺得不覺得白斌一直在門口等他很奇怪。

「說完了，奶奶要我們先回去，她要在這裡多湊一會兒熱鬧。」看到白斌皺起眉頭，又連忙解釋了一句，「姑姑也在，她會照顧好奶奶的，而且這是張阿姨家，奶奶不會累到的！對吧，張陽？」

張陽連忙應了一聲，「啊，對，不會累到的。」

「那先謝謝了。」白斌對張陽的態度很客氣，「還有祝賀你，考得很不錯。」

張陽舒展了眉頭，眼鏡下的雙眼彎成好看的弧度，在有些陰柔氣息的臉上竟然能讓人看出一些驚豔。

他的嗓音一向柔和，現在倒是多了幾分難言的意味，「謝謝你的讚揚，我想，我以後會取得更好的成績。」

他不是李盛東那種進攻型的選手，也不是白斌這種攻防兼備的人才。論野心，論背景，論謀略他都不是對手。他只是，不小心喜歡上不該喜歡的人，想要做一個對「他」更有用的人而已。

丁浩對蔥油淋雞念念不忘，白斌被他念了一整路，終於還是在市區停好車，幫他買了一隻。這是超市裡現做的，當場選好、幫你撕開雞身，切成細條，淋上炸好的辣椒油、調味油和炒熟的碎花生，最後還撒了一小把蔥末。

丁浩看到自己親手挑的那隻做好了，接過盒子就忍不住先嘗了一塊，咂了咂嘴，滋味不太一樣，但是裡面的花生滿好吃的。

還沒到家，抱著的塑膠盒就吃光了。白斌大概是很久沒見到他了，對丁浩用手抓來吃的行為也沒有太過阻攔，只是遞了一張濕紙巾給他，「不要弄在身上。」想了想，又補充了一句，「車上也不可以。」

丁浩表示明白，「知道，都吃到我肚子裡！」

他還很高興，好不容易吃到合胃口的。他在鎮上跟著丁奶奶一起嚴格控制飲食，老人不能吃太油膩，煎炸的更不行，丁浩就有自覺地一起戒了口，老人勸也不聽。張阿姨倒是誇獎了他，不過這誇得明顯有點偏題，張阿姨是這麼說的：

「丁浩啊，最近你的小臉越長越好看了，人家說吃什麼補什麼，還是真的呢！看看，你吃了豆腐，臉也跟豆腐一樣，又白又嫩！」

丁浩很鬱悶，他覺得張陽才是正宗的小白臉吧？他當年也算是陽光型的帥哥啊，偶爾吞雲吐霧的時候也很帥，蹲在天臺上，天色將亮未亮的時候，一邊看著還未暗下去的星光，一邊側臉憂傷……又頹廢又性感啊。

丁浩狠狠啃了一口雞腿，盯著自己短褲下面的細長白腿，眼裡幾乎要冒出火來。怎麼這輩子就長成這副奶油小生的德行了？白，白你妹！豆腐什麼的，去死去死去死！

白斌對丁浩忽然間的憂鬱表示不能理解，怎麼吃著吃著就吃出感傷了？難道那家店做的蔥油淋雞好吃到這種程度了？

兩人先回到白斌家。丁浩怕丁遠邊收拾他，準備最後一天才回去，不過他跟丁媽媽聊了半天的電話，膩歪了好一陣子。丁媽媽的工作單位遷到新校區，終於下定了決心去考駕照，丁遠邊的工作也忙，來回接送總是不方便。

丁媽媽抓緊機會跟兒子訴苦，『浩浩，我最近老是忘記事情，你說，我老了會不會得老年痴呆啊？』

丁浩安慰他媽，「媽，您連更年期的歲數都還沒到，別瞎操心這些了……」

丁媽媽繼續訴苦，開始舉例說明：

『浩浩，你不知道，我這次整理東西，還特意幫每個箱子編上序號，在本子上清楚地寫著哪個號碼的箱子是放什麼的……』

丁浩立刻鼓勵她，「這個方法好，就算是老年痴呆也忘不了啊，媽，您放心！」

電話那邊的聲音聽起來快哭了。

『放什麼心啊！我、我把寫著序號、做了註解的本子弄丟了……』

丁浩彷彿能想像到丁媽媽站在一堆寫著序號的箱子面前，欲哭無淚的情景，這死小孩沒忍住，噗哧一下就笑了。

那邊停頓了一下，丁浩連忙止住笑，咳了一聲後安慰自己老媽，「您別……」

擔心兩個字還沒說出來，就被對方像連環炮似的一串話堵了回來，『壞孩子！壞孩子！你跟你爸爸一樣壞，都笑我！我再也不跟你講電話了！』

說完，啪的一聲，竟然真的掛了。

丁浩拿著話筒，半天都沒回過神來。丁媽媽的幼教工作做得相當出色，最起碼心態一直很年輕。丁浩想到又忍不住想笑，他對丁媽媽的思維一直很是膜拜，如今更高了一個段數。不過這樣也很好，丁浩喜歡熱鬧的生活，這樣才更有家的味道。

白斌過來的時候，就看到丁浩一個人坐在沙發上笑個不停，走過去問：「笑什麼呢？」

丁浩把丁媽媽的事添油加醋地說了一遍，顯然很是引以為榮。白斌聽完也笑了，摟著丁浩，緊貼著坐在一起，「真有趣。」他看到丁浩挑眉得意的模樣，又逗他，「這也是家傳的吧？」

丁浩沒反應過來，「什麼？」

白斌的表情很柔和，點了點他的鼻尖，「耍、寶～」

丁浩張口就把他的手指咬住，「白斌，說，我不在的時候，你跟誰學壞了！你以前從不講假話的！！」

「……這個是真話。」

「呸！！」

◇

丁浩在白斌家混了幾天清閒日子，正覺得有點無聊的時候，董飛就來了，手裡拿著一個資料夾，穿得還很正式，「少爺，你要的資料。」

丁浩撓了撓耳朵，他一直覺得董飛的那聲「少爺」喊得很有民國之風，而且現在董飛越來越有沉穩的架勢，丁浩覺得這跟個人的生長環境有很大的關係。董飛平時跟著白老爺子，也難怪會有這樣略顯成熟的表現。

當然，丁浩勉強也算是白老爺子培養出來的，但是不包括在內，他是一個異數，完全是自我改造的結果。先不說成不成功，不常接觸丁浩的人評價都很好，和他很熟的通常都能透過表象看出本質，如白露之流，我們暫且略過不提。

丁浩剛想逗董飛幾句，就看見他手裡的東西。白斌已經打開，能看出是一疊學校簡介，丁浩很不解，「白斌，你不是去Z大嗎？怎麼還要看學校簡介啊？」

白斌把手裡的一張紙遞給他，「是幫你找的，你看看這個。」

丁浩接過來，是Z大附中的宣傳畫冊，翻了幾下，忽然覺得有點不對，抬起頭問：「白斌，你是說，要我也轉去那邊讀書？」

白斌之前還沒跟他商量，不過他一直認為丁浩理應跟他在一起，就對丁浩點了點頭，「在那邊條件比較好，而且轉戶口過去，考取Z大也有一定的優惠政策。」

丁浩有點傻眼，「還轉、轉戶口？」

董飛倒是笑了，難得跟丁浩開了一次玩笑，「你該不會以為我們都出去了，會把你扔在這邊一年吧？你這麼愛惹事，一年內，會有半年要回來看你啊。」董飛也被Z大錄取了，分數在及格邊緣，調整了一下科系，勉強擠進去。

丁浩拿著手裡的宣傳畫冊，認真看了一遍。他還真的沒想過要去那邊，白斌現在提起，他也不由得改變自己的原計畫。

丁浩原本想在這邊投資李盛東，李盛東家現在多樣化發展，也弄了一塊地皮，做土地開發。丁浩打聽過，那個地方不錯，而且按以後的規畫，地產向來只升不降。

不過跟白斌去Z大那邊也不錯，現在有了啟動資金，做什麼都方便。更別說白斌跟潘峰在那段時間撈回來的，白老爺子沒拿，都存進帳戶給了白斌。這些最後也都落入丁浩手裡，下半輩子只花這些錢，估計也足夠了，所以丁浩現在不怎麼急著賺錢。就算要賺錢，去離他們不遠的A市投資顯然更有前途。

白斌看到他一直盯著宣傳冊出神，又問他一遍，「浩浩，你不喜歡這所學校嗎？」

Z大附中不錯，而且離他也近，兩人上下學可以一路走過去。不過，丁浩要是不滿意，還可以看一下其他幾間。白斌準備得很充分，也拿了一些其他學校的資料來，無論如何，他是不可能讓丁浩一個人待在這裡的。

丁浩對著那本畫冊，橫看豎看，明顯比他以前讀的大學還好，環境也不錯，唯一的不足就是白斌通知得太突然了。丁浩轉過頭看他，有點愁眉苦臉的樣子，「白斌，這件事你跟我爸說了嗎？」

丁浩還是未成年，丁遠邊有絕對的管制權利。

白斌聽到他這句話就明白了，笑著揉揉他的腦袋，「只要你答應就沒問題，剩下的我去跟丁叔叔說。」

話雖這麼說，但是丁浩也跟著回去了，他沒辦法只藏在白斌身後，這樣太不仗義了。

回去的時候，丁遠邊剛下班，一身的西裝還沒脫，看到白斌來了也只是鬆了鬆領帶，就請他進來坐。

「哎喲，白斌來了啊，後面的是……丁浩！！你給我進來！」

丁遠邊的眉毛都豎起來了，這個小兔崽子自從跑回鎮上就不太回家來，想兒子了還得由他這個老子親自過去看一眼。在那邊丁奶奶護得嚴實，丁遠邊連一根小指頭也別想動丁浩，好不容易看到丁浩回家了，丁遠邊拿出一家之主的氣勢，決定好好為這小子上一堂思想教育課。

丁媽媽也放暑假了，正倒了果汁拿過來，聽到丁遠邊的大嗓門立刻瞪了他一眼，意思是不許吼我的寶貝浩浩！

丁媽媽看到丁浩，眼神明顯柔和了不少，「浩浩，快來讓媽媽看看！」

丁媽媽顯然已經忘了丁浩之前在電話裡笑她的事，拉著他的手，又摸摸丁浩的手臂，張張嘴想說瘦了、黑了這種話，但是還真的說不出口。丁浩的小臉白裡透紅，看起來不像吃了苦。丁媽媽仔細打量了半天，最後只好踮起腳摸摸丁浩的腦袋，誇獎了一句，「又長高了啊！」

丁遠邊笑了一聲，想到白斌還在這裡，連忙招呼那邊的母子倆過來坐。

丁遠邊是白書記一手提拔起來的，對白斌也從小就認識。只是白斌跟著白老爺子久了，行事談吐都帶著一些老爺子當年的氣勢，丁遠邊跟他說話一直都當成他是大人。

丁遠邊跟白斌客氣了幾句，轉入正題，「這次來有什麼事嗎？」

白斌對丁遠邊還是很尊重的，遞出帶來的資料，還有一份列好的計畫表。

「丁叔叔，您看一下這個。」

丁遠邊打開看過後，眉頭忍不住皺了起來，丁媽媽也湊過去瞄了兩眼，有點驚訝，「浩浩的轉學申請？」

白斌對待丁浩父母的提問很鄭重，回答的時候也是一副嚴謹的態度。

「是的，我希望丁浩能轉學去Z大附中，從附中考入Z大的機率比較大。當然，不排除丁浩有自己喜歡的科系，到時候也方便考入其他院校。」

丁遠邊有點猶豫，拿著宣傳畫冊，反覆地看了又看。

自從丁浩的成績變好了，丁遠邊也不大管他在學校的事，他覺得丁浩的成績要考大學還可以。不過，白斌的計畫上明明白白地列著要轉戶口到A市，丁遠邊覺得這件事有點困難。

「這個，也不一定非要轉學去那邊吧？」

白斌一句話就打消了他的疑慮，「A市的高考政策是這樣的，如果戶籍不在那邊，考試的時候還要回本市高考，也沒有優惠政策。A市的分數對內寬鬆許多。」白斌舉了一個簡單的例子，「比如說，今年我們這邊考上專科的分數，就比A市普通科的分數還要高一些。」

丁媽媽很是動心，她就是在A市學幼教，對那邊也很熟。本來不指望丁浩能考進Z大這麼好的學校，但是被白斌這麼一說，倒是抱了很大的希望。

「我覺得這是一個好主意，浩浩可以去試試看。」

丁遠邊還在對著那份計畫表沉思，他考慮得比較遠，丁浩去Z大附中是有好處的，學費也不是問題，就是……

白斌又體貼地補充道：

「我爺爺說，浩……丁浩遷移戶口的事，他來解決。您也知道，爺爺是從A市出來的，一直很懷念那裡的老朋友，所以我才去了Z大。而且我跟丁浩也是從小一起長大的，我希望我們今後也一起……」白斌想了一個丁遠邊比較能接受的詞，「一起進步。」

丁遠邊果然對這句話很滿意，跟白斌說話的態度是面對丁浩時從來沒有的和顏悅色。

「白斌啊，這樣真是太麻煩你們家了，我家丁浩從小就常常給你添麻煩，現在都長大了還纏著你不放，呵呵！」

這句話讓喝果汁的丁浩嗆了一口。丁遠邊的意思丁浩也懂，是以為是他小孩子脾氣，不肯跟好朋友分開，但是這番話聽進耳裡就不是滋味了，「爸，我沒……」

丁遠邊對丁浩立刻板起臉，「閉嘴！就知道惹事！為了你，人家白斌家有多辛苦你知道嗎？還不快謝謝人家！」

丁浩的嘴角抖了抖，回頭跟白斌點頭致謝，「謝謝。」

白斌看著他笑，眼神裡的意思還在問他：你是在謝謝我讓你纏著不放？

丁浩轉過頭當作沒看見。

丁遠邊又跟白斌商量了一下轉學的具體事情，最後又對丁浩惹事的本事有點擔憂。

「白斌，浩浩在外面就麻煩你多照顧了。這孩子脾氣不好，但是本性不壞，你在外面替叔叔管管他啊。」

白斌聽出丁遠邊的意思，笑了笑，「叔叔不用擔心，丁浩很好，我會一直照顧他的。」

丁媽媽一直都對白斌很有好感，聽到他這麼說，立刻又覺得親近了不少。

「他哪會照顧人啊，不上躥下跳地惹麻煩，我們就謝天謝地了！」丁媽媽覺得，白斌不愧從小就是模範學生。

才這麼一下子，丁浩就換了兩杯果汁，從坐在沙發上變成了歪著半躺的姿勢。看看人家白斌，連表情都沒怎麼變過，哪怕笑也只是略微的弧度，讓人看了就覺得可靠。

丁媽媽熱情地留白斌下來吃飯，白斌沒有拒絕。丁浩本來想讓白斌看看「白菜開會」，沒想到丁媽媽特地為白斌努力了一下，那一頓做得異常豐盛。

丁遠邊破例開了一瓶紅酒，讓白斌也喝了一杯，但白斌以要開車為由婉拒了，不過席間的幾句話又逗笑了丁浩父母，丁遠邊對他也多了幾分喜歡，覺得白斌真是一個很不錯的年輕人。

看到人家，就想起了自己家的兔崽子。丁遠邊回頭看了一眼丁浩，那孩子正在偷偷把自己不愛吃的魚頭放進白斌碗裡。丁遠邊咳嗽一聲，嚇得丁浩的筷子抖了一下，要不是白斌接得快，魚頭都要掉在桌子上了。

白斌立刻打圓場，雖然不能跟在家裡一樣摸摸丁浩的腦袋誇獎他，還是笑著道謝，「我正想吃這個。」

丁媽媽眨了眨眼。她沒看錯的話，那顆魚頭上被丁浩啃了一口吧？看到白斌並不在意地吃了魚頭，她覺得兩個孩子的感情真好，但又隱隱地說不出來是什麼。她也喝了一點紅酒，還沒想出來就被下一個話題吸引了，津津有味地聽著丁浩說在丁奶奶家的事。

吃過晚飯，天色已經暗了，丁遠邊客氣地要白斌住下來，白斌搖頭拒絕了。

「我還要去爺爺那邊，謝謝叔叔的招待。」看到丁媽媽也熱情挽留，白斌笑了一下，「阿姨煮的菜很好吃，不過我希望下次來能喝到白菜湯。」

丁媽媽笑呵呵地答應了，「到時候可別跟浩浩一樣，喝兩口就跑啊！」

◇

白斌出行順利，白書記及白斌的媽媽張娟趕在最後回來為他祝賀了一下。遠在義大利的白傑也發來了賀電，他對哥哥說，自己這邊的學業進行得差不多了，希望不久之後能夠回國看大家。

丁浩趴在白斌肩上，一起看完那封電子郵件，他對白傑的進度表示很滿意，「哎喲，白傑也這麼快就讀完高中了?滿厲害的啊。」

白斌挑了挑眉，「誰說他是讀完高中了?」

丁浩有點驚訝。他不是讀完高中，總不會又去國外讀了一遍國中吧?

白斌的心情顯然很好，嘴角向上揚起，手指夾住丁浩的鼻尖捏了兩下，「白傑上次跟我說，他已經在寫畢業論文了。」

丁浩的眼睛都睜大了，「你是說，白傑是……大學畢業?!」

白斌看著他笑，點了點頭，「是啊，上次打電話的時候，還跟我抱怨了一堆語法、修辭太麻煩之類的。不過他的導師還不錯，並不計較這些。」

白斌一直很關心自己的弟弟，無論白傑多晚打電話來，他都會認真傾聽這些事情。

可能是因為體內有相同血緣的關係，白傑與白斌相處的時間並不長，卻出奇地聽從兄長的話，越洋打電話回來，往往都是找白斌的。這一點是別說白老爺子，連白書記夫婦都有點羨慕。

白斌的媽媽這次還送了禮物給丁浩，是一個小玉佛，求平安的。她也買了一塊給白斌，可是拿出來的時候，怎麼看都覺得這個圓潤的小飾品跟白斌的氣質不相符，讓張娟有些猶豫了。

白書記跟白老爺子送的禮物一樣，都是送白斌一支鋼筆，簡潔又有寓意，白斌也客氣地收下了這個小禮物，「謝謝您。」

張娟看兒子跟他們這麼疏遠，更有點慌了手腳。

「白斌，我和你爸爸還準備了別的，都在後面，我們不知道你喜歡什麼，就隨便準備了一些……」

看到白斌的眉頭微微聚攏起來，說的聲音也輕了下去。張娟心裡泛酸，不單是為自己，還為白斌。她加班忙完工作，歡歡喜喜地趕回來卻不知道自己的兒子最喜歡什麼……這真的不是一個合格的母親該做的。

白書記拍了拍她的肩膀，「好了，好了，白斌取得這麼好的成績，我們應該高興啊！」張娟勉強笑了一下，但是眼睛一直期盼地看著自己兒子，她不知道能為白斌做些什麼。

白斌指了指張娟手裡裝著小玉佛的盒子，說：「這個，可以給我嗎？」

張娟愣了一下，立刻遞過去，「當然！可是，這個不……不太適合……」不太適合白斌佩戴。

張娟把沒說出口的話嚥了回去。

她看著白斌把那個小盒子收在上衣口袋裡，貼身放好，笑著跟她道謝，「謝謝媽，我很喜歡這個禮物。」

張娟這次是真的紅了眼眶，壯著膽子抓住白斌的手。跟她預料的不同，白斌沒有躲開，反而帶著一點詢問地看向她，「媽？」

張娟聽到白斌叫的那一聲，心裡都暖過來了。

她這個大兒子已經比她高了，握著白斌的手，怎麼看都覺得自己兒子是最優秀的，心裡湧出一陣自豪來。

「在外面上學不要委屈自己，錢夠用嗎？媽媽這邊再幫你開個戶頭吧？喔，對對，也在學校那邊準備一套房子吧？」張娟小心地看著白斌的表情，試探地跟他解釋，「不是干涉你的生活，只是覺得這樣住得舒服一些……」

白斌沒說話，丁浩則在後面敲邊鼓，「阿姨，您真是太疼他了，也難怪白斌常跟我說您多漂亮，多和藹可親啊！」

張娟明顯對丁浩的那番話有了興趣，她沒想到白斌會跟朋友提到她，心裡高興，卻不好再多問。

丁浩又加了一把勁，努力緩和這對母子的關係。

「阿姨，您都不知道老師平時表揚他，他都只說這是父母、家人從小教育他的，一定要學術謙虛、待人真誠……」

丁浩的這番話不算假話，最起碼白老爺子曾這麼教過，不過他把範圍擴大了一點，連白書記夫婦也包含在內。

白斌忍不住回頭瞥了他一眼，丁浩像沒看見似的，說得很起勁。

白老爺子聽到丁浩的小嘴說個不停，胡編亂造，連他都差點相信白斌是會在夜晚偷偷思念母親的害羞少年。老頭嘴角抑制不住地想往上揚，差點笑出來，連忙咳了一聲壓下去，「小丁浩，你這兩天去聽相聲了吧？」

白書記也笑了，「是啊，比過年的時候還會說話呢。我還以為浩浩要見到紅包，小嘴才會這麼俐落呢！」

此話一出，大家都笑了。

白書記跟張娟都有要事在身，也沒多留，看到白老爺子早就替白斌打點好了，也就放心地離開。

張娟最後猶豫了一下，還是回過頭來囑咐了白斌一句，「你在A市有什麼事就打給我，還有你爸爸……」

白老爺子笑了，催他們走，「有我這個老頭子在這裡，他還有什麼事要麻煩你們？」

白斌送他們上車，表情看不出有什麼不同，但是眼神柔和了許多。

丁浩歪頭看著他，自己倒是先笑了，用手臂撞了白斌一下，偷偷跟他咬耳朵，「我說，你心裡高興，就不能笑出來啊？」

白斌低頭看了他一眼，轉移話題，「我說過不能隨便撒謊吧？我在學校可沒有說過那些話。」這位開始幫自己找回面子了。

丁浩睜大了一雙眼睛，立刻反駁：

「我、我那是藝術性的誇大，誰說我撒謊了！再說了，我還不是為了你跟阿姨著想，就算是撒謊，也是善意的謊言啊！」

白斌沒說話，只看了他一眼，但是就這一眼，硬生生讓丁浩汗毛直豎。他好像……不小心碰到白斌的逆鱗了？

丁浩有點為難，當初他跟白斌的事情鬧開來後，來找他的除了白老爺子，還有一個就是白斌的媽媽張娟了。

當年，張娟遞出一張支票和幾套房產，只求丁浩能待在白斌身邊陪他幾年。丁浩那時候不懂事，把一個母親的苦苦哀求，當成有錢人在背地裡包養的噁心勾當。雖然沒有直接對長輩說出難聽的話，回來後還是跟白斌大吵了一架，使白斌與張娟的關係就此徹底惡化。

丁浩現在想起來，覺得白斌他媽其實也是一個好母親，只是並不是所有的母親都能陪在孩子身邊。

白斌要提前去學校做準備，丁浩抓緊最後一點時間，又陪丁奶奶去市立醫院做了一遍檢查。報告結果很好，丁奶奶的血壓基本上穩定了。張老頭拍著胸口保證絕對會身體健康，又留了聯繫電話給丁奶奶和張阿姨，丁浩這才放心地跟白斌去A市。

白老爺子讓小李司機送他們過去。這次帶的東西太多，只能弄來一輛商務車送他們。白書記他們帶來的禮物還有好多還沒拆，白老爺子直接原封不動地讓白斌帶去了。老人自己又幫白斌準備了一份，原本也要給丁浩一份，但是看到丁浩從家裡大包小包地帶來一堆東西，就放棄了。

他們都是家裡的寶貝，誰也不會委屈孩子。

從生活用品到學習用具，堆了滿滿的半輛車，幸好是七人座的。丁浩看到車內走道上都是大箱子堆著小箱子，覺得有點不真實。

「白斌，你這是在搬家吧？」

白斌坐在第二排，把椅背調整了一下，正在看書，聽到他說，頭也不抬地回了一句，「是搬家。」

丁浩正覺得無聊，翻開一個箱子折裡面的禮物，聽見白斌這麼說也愣了一下。

「搬什麼家？」

白斌翻了一頁，路上不顛簸，看起來也不算費勁，「託你的福，我媽送了A市的一套房子給我，讓我們搬進去住。」

丁浩聽到他說「讓我們搬進去住」，猜到白斌不生他的氣了，小心地湊過去：

「白斌，你是不是不愛住在那裡啊？不行的話，我們另外買一間？」

白斌還在看書，「不用啊，住在那裡很好。」

丁浩不知道他是不是在說氣話。白斌這個人的優點是從不發火，缺點也是表情匱乏，盯著書看的模樣跟平時沒什麼不同。

丁浩有點摸不到他的想法，他以前從來沒有跟白斌談論過親人的事情，或者說，從前的他並不關心白斌的事情。現在考慮多了，沒有經驗，也只能硬著頭皮上，先跟白斌套近乎再說。

丁浩打定主意，探過頭去靠著白斌，一起看他手裡的書。

「噯，白斌，你在看什麼啊？這麼……唔……」

丁浩有點小毛病，平時怎麼樣都不會暈車，但就是不能在車上看字，報紙、書刊、地圖一看就暈。

白斌也發現了，看到他臉色不好，立刻把書收起來，「不舒服？」

丁浩搖搖頭，臉都有點白了。

「沒，我就是有點暈車……」

丁浩覺得有點眼花，控制不住地往後仰，胃裡也不舒服。

白斌彎腰過去把最後一排整理出來，東西都疊在前排的椅子上。

「到這邊來躺一下，小心點，別摔倒了。」看到丁浩還小心地邁開腳步，怕踩壞東西，白斌乾脆伸手，一把將他帶到懷裡，「傻瓜，踩過來就好了。」

這句話是貼著丁浩耳朵說的，聲音很小，卻讓丁浩暈眩的腦袋好受不少。

「你不生我氣了？」

白斌有點奇怪地看著他，「我什麼時候生你的氣了？」看到丁浩欲言又止的，也懂了，彈了小孩的腦袋一下，「小笨蛋，我在看Z大附中的新規定，那邊允許學生不住宿了。我在想搬出來之後，要不要過去買輛車，好接送你上下學。」

丁浩還想問關於白斌媽媽的事，忽然覺得T恤被拉上來了一點，白斌的手掌覆在他的小腹上。丁浩動了一下就被白斌按住。

「我幫你暖一下胃，這樣會舒服一點。」

丁浩看到前面的箱子都疊得很高，估計也不看不到，就瞇著眼睛，慢慢地放鬆身體，平緩胃部的不適。

白斌的大手暖洋洋的，丁浩被他抱在懷裡，差點閉著眼睛睡著，胸前敏感的一點被蹭過，一下讓他清醒過來。

丁浩按住那一路向上的手，抬頭看了看他，「白斌……？」

白斌親了他一下，大手繼續向上，捏住丁浩戴在脖子上的小墜子。清潤的玉質，摸起來還帶著丁浩的體溫，「一直都帶著？」

丁浩被他在T恤裡一陣亂摸，有點不舒服，只能縮了縮身體。

「是啊，阿姨說這個辟邪，我不是滿倒楣的嗎？就想說，戴看看能不能轉運。」

白斌聽他說完理由，在他頭頂也親了一下，「戴著這個，不如帶著我。」

丁浩隔著T恤抓住他的手，聽到這句話後，微微仰起頭看他，吞了吞口水，還是把憋在嘴裡的話說了出來：

「白斌啊，有沒有人跟你說……你有時候滿肉麻的啊……」

停留在T恤裡的大手停頓了一下，立刻轉移到一旁，輕輕捏了一下敏感的突起，滿意地感覺到懷裡的人抖了一下。

「還真的沒有人跟我這樣說過，你是第一個。別人通常都誇獎我說：『學術謙虛，待人真誠』……」

後面一句明顯是在提醒丁浩之前犯的錯誤。

丁浩立刻老實下來，舒展了身體，任由他在衣服裡摸索。白斌在裡面玩了一會兒小玉佛又把手放回原位，在他肚子上揉了幾下，貼著耳朵問丁浩，「好一點了？」

丁浩點了點頭，他不在車上看書就沒事了，不過被白斌揉著也很舒服，也就讓他把手放在衣服裡了。

丁浩扯出脖子上的鏈子，把小玉佛拿出來看了一下。這玩意兒做得很小巧，只有食指的指甲那麼大，雕刻得也很精緻。

丁浩玩了一會兒，抬頭問白斌，「你的那個也帶來了？」

白斌搖了搖頭，他沒有戴飾品的習慣，「放在包包裡了。」

丁浩喔了一聲，他倒是沒想到白斌會帶出來。這樣，白斌跟他媽媽的關係也算有了進展吧？丁浩捏著小玉佛來回轉動，翻過身，趴在白斌懷裡嘟囔了一句，「到了之後叫我，我睡一會兒。」

他覺得這件事船到橋頭自然直，目前需要打起精神，先到橋頭再說。

出發去A市需要六個小時的車程，中午的時候正好經過港口，丁浩他們下車去吃了一頓海鮮。因為靠海，都是漁民們早上抓的新鮮貨，放在水盆裡讓人挑選，送到廚房現做，便宜又好吃。

白斌點了幾道大家都喜歡的菜，又點了他們的招牌菜扇貝。店家做了一道碳烤扇貝送上來，味道濃郁，香滑可口，很對丁浩的胃口。小李司機也覺得不錯，吃了滿桌子的扇貝殼，不過扇貝吃多了也有點不好，吃完扇貝肉再喝魚湯，明顯就覺得不鮮了。

小李司機直接開車到新家那邊。白斌媽媽買的是個高層大樓，在十二樓，裡面準備得很周到，大件的家電已經弄好了，丁浩他們稍微收拾一下就能入住。小李司機幫他們把東西搬好，就趕回去了。

丁浩看了一下，這邊是三室一廳的小房型，在Z大附近，這種房子很討學生喜歡，出租的也很多。這邊的書房、臥室已經裝修好了，書架上甚至擺放了一些學生要用的書。可能是沒想到丁浩也要來，臥室裡只準備了一張床，不過床很大，他們兩個一起睡也不擁擠。

因為定時會有鐘點工過來打掃的關係，房間裡寬敞乾淨。白斌似乎累了，只稍微收拾了一下臥室，換了床單什麼的，其他行李都沒怎麼動。

丁浩在車上睡了一覺，現在精神不錯，主動說要幫忙收拾：「我去把客廳的那些也拿出來擺好吧？」

白斌把枕頭跟夏涼被拍好，脫掉外套要去洗澡，「明天再弄吧！」看到丁浩還是不死心地往客廳那邊看，在他額頭上彈了一下，笑了，「那邊有電視，你先去看一會兒。」

丁浩喔了一聲，到客廳坐了一會兒，又忍不住拉過那一堆行李。

他記得好像帶了兩個枕頭芯，原本是要給白斌當抱枕的，現在倒是成了他的枕頭。沒辦法，臥室裡只準備了白斌一個人的。

丁浩弄完枕頭，回去客廳打開電視，心不在焉地隨意換了幾個頻道，眼神不自在地往浴室那邊瞟。

今天白斌好像滿累的，要不然也不會任由房間裡這麼亂。而且，要是往常，早就叫他一起去洗澡了，哪怕不一起洗，白斌也會半路要他送個毛巾，趁機恩愛一陣子。

丁浩對著電視發呆，手裡按來按去，螢幕暗下又亮起，也不知道看進去了多少。

「浩浩，幫我拿一下毛巾！」

丁浩手裡的遙控器差點掉到地上去，過了半天才喔一聲。他心想，白斌怎麼會隔牆讀心了？

從旅行包裡拿出自帶的毛巾，不意外地發現了同色系的另一條。白斌的隨身物品向來用不習慣外面的，也總是會幫丁浩帶一套。丁浩想了想，也把自己的拿過去，「白斌，你是不是洗好了？那換我洗了啊。」

裡面只聽到隱隱的水流聲，白斌好像沒聽見。

丁浩走過去，推開浴室的門。那邊裝的是個玻璃門，雖然看不清裡面是什麼模樣，但是看到微微敞開的縫隙冒出霧氣，心跳就忍不住加快速度，「白斌？」

這次聽見了，白斌把蓮蓬頭關小了一點，「嗯，毛巾。」

丁浩把手裡的毛巾遞給他，眼睛不由自主地盯著白斌身上。

白斌好像又長高了點，肌肉勻稱地分布在骨架上，頭髮濕漉漉的，用手隨意地往後面梳去，露出飽滿的額頭。頭髮上的水滴似乎滴到眼睛裡了，白斌看著他的時候，眼睛是微微瞇起的，「謝謝。」

丁浩的喉結動了一下，不得不說，白斌這傢伙真的很有本錢。

白斌不在意丁浩的視線，抓起架上的浴巾，隨意在腰間圍好就出去了，「換你洗。」

丁浩站在門口，背對著他把自己的T恤脫下來扔到一旁，「啊，好。」

白斌經過他身邊的一瞬間，丁浩明顯感覺到了他的溫度，身上一熱。但白斌沒有停留，直接從門口出去了，還體貼地幫他把門關上。

丁浩站在白斌剛剛沖洗過的地方，溫熱的水流沖下來，落在身上，丁浩想起了一些不該想的事。剛才白斌拿浴巾之前，他看見白斌的那裡好像比以前大了一點……而且，白斌的身材還真的很不賴。

他想著之前看到的畫面，抓住自己微微抬頭的下面，揉搓了幾下，果然立刻就硬了。

丁浩靠在浴室的牆上，閉上眼睛，回憶起之前白斌對自己做過的動著手指，身體也漸漸火熱起來。似乎對這個熱度有些煩躁，他仰頭讓水直沖下來。

手裡的東西不安地脹大，微微顫動著卻遲遲不肯釋放，最糟糕的是……後面也有點感覺了。

丁浩憤憤地停止自我救助，啪地一下打開浴室門，對外面叫那個被他身體記住的人：

「白斌——！！過來幫我搓——背——！！」

白斌很快就進來了，丁浩背對著他，白斌很自然地幫他抹上沐浴露，剛滑到腰上就被丁浩握住手，帶到前面，「我自己不行……」

帶著一點賭氣的聲音及在自己手心裡磨蹭的東西都讓白斌覺得很可愛，在丁浩耳邊親了一口，「我來。」

白斌的睡衣也不知道什麼時候被扯掉了，穿著室內拖鞋，直接站在水流下跟丁浩深吻起來。丁浩熱情地回應著，舌尖探入他的口內不停攪動，手也不安分地上下摸索著。

白斌顯然被他的熱情激勵了，在他嘴上啄了一下，慢慢地往下親吻，留下幾個或深或淺的印記，對胸前的突起更是用牙齒輕咬住，來回磨了兩下，立刻聽到丁浩的喘息聲變大了。嘴巴離開那裡的時候是吮吸著的，發出啵的一聲，丁浩的身體抖了一下，翹起來的欲望被白斌體貼地照顧著，漸漸又沉迷其中。

白斌捏了他胸前的突起兩下，丁浩則趴在他肩膀上，躲開他的手，小聲地吸氣，「白斌，我想要……」

兩具身體赤裸地摩擦著，丁浩能清楚感覺到白斌的也進入了戰鬥狀態。顫抖著身體，輕輕用下面互相碰撞，丁浩抱著白斌的脖子，在他耳邊說：「我……剛才洗過了……後面……」

白斌伸手到後面揉捏了兩下，分開臀肉，探了一指到縫隙裡，裡面熱情火熱，吸附著他，已經有些濕了。

白斌在丁浩耳邊笑了一下，立刻被小孩咬住了肩膀，安撫地探進手指擴充。

「我進來的時候就在想，明天我們可以好好地休息一天，不用起床……」慢慢探入兩根手指，一邊攪動一邊在丁浩耳邊低語，「我都沒時間去收拾東西，我想先收拾你。」

丁浩抬起頭來看他，眼睛被水淋得濕漉漉的，睫毛上還帶著水。白斌看著他一陣心動，又多擠入一根手指，「乖，再等一會兒。」

浴室的水聲沒有變小，霧濛濛的熱氣讓人吸氣都覺得濕熱。

丁浩已經被白斌的手指弄到手腳發軟，連扶著牆站立都覺得有些勉強。他前面剛才釋放了一次，正是舒服的時候，可是白斌在後面探索的手指不放過他，由一指慢慢增加到三指，甚至還撐開了一點，在裡面抽動幾下。有熱水濺進來，丁浩被刺激到不自覺地縮緊了後面。

「白斌，你……有完沒完……」

丁浩前面被他逗弄到又有了反應，臉上也被浴室裡的熱氣蒸得有點發紅。

「不行就……唔啊！你進來的時候輕……一點……」

丁浩皺著眉，被猛烈地深入到裡面，感覺有些不舒服，小腹都有點收緊。白斌在後面貼著他的耳朵含住輕咬，「這樣……」微微撤出，又往裡面埋得更深了些，「行不行？」

丁浩被後面不緊不慢的節奏弄得臉頰發燙，這樣緩慢的動作，他能清楚地感受到撐開後面的形狀，一點一點地埋進來。然後白斌的身體也覆蓋住他，後面那裡被徹底貼合得親密無間……

白斌的身體很燙，甚至超過了他，卻固執地用這麼緩慢的方式持續了一陣子。

丁浩被這樣溫柔的折磨逼出了眼淚，有點後悔剛才嘴快說出的那句「不行」。白斌這傢伙也是有小氣的時候。

正在想著，前面就被白斌伸過來的手握住了，那裡單憑後面沒有什麼精神，但也確實微微抬起了頭。

丁浩的聲音有點暗啞，回過頭看了白斌一眼，又忍不住求他，「白斌……跟平時一樣，行不行？」

丁浩懷念平時如暴風驟雨一般的性愛，這樣的溫存對他來說無異於火上澆油，尾椎骨往上竄起一陣酥麻，覺得自己的身體都在發抖。

耳邊是熟悉的火熱氣息，貼過來的時候又讓丁浩顫了一下，「沒有、用潤滑劑……你不適應，會受傷。」

丁浩被白斌的手指包裹住揉弄，前端都滲出了黏稠的液體。

手指藉著這些液體，動得更靈活了，後面深深地挺進去後卻不再動，只是抱緊了腰肢，享受丁浩被自己牽引著搖擺，舒服地摩擦。

「啊、啊……嗯……」

丁浩漸漸適應了後面的粗大，注意力被前面吸引過去，被白斌大力搓動的手掌弄得弓起身體。白斌僵了一下，他能感覺到承受著自己的私密地方不安地緊縮著，緊致的感覺讓他的手不自覺地慢了下來，「浩浩，放鬆一點。」

白斌的聲音低啞，但是身下的小孩也在抗議了。

「白斌……你……太過分了……唔嗯……嗯……」

丁浩的聲音都帶了鼻音，裡面的空虛感越來越強烈，他忍不住扭動了幾下。

白斌的額上爆出青筋，雙手勒住丁浩的腰，試探地抽動兩下。那裡吸附著的觸感告訴白斌，裡面已經全部濕潤了。

他不再客氣，一手握著丁浩的腰，在後方加大了力道撞擊，每次都幾乎要整根拔出，再撞進去，像在回應似的，內壁也細微地震顫著。白斌抱住丁浩的腰，讓他後背貼近自己，將他整個人抱在懷裡，埋在裡面動得纏綿。

丁浩被攪動到要命的一點，身體幾乎彈了一下，「啊、嗯……那裡……啊……」

兩個人配合得越來越有默契了。白斌拔出來，將丁浩翻過身面對自己，一邊親吻著他，一邊抬高他的腿，直接攻擊進去。

一陣沒有秩序的衝刺讓丁浩差點失控地喊出聲來，嘴被白斌含住侵犯，和下面一樣都一塌糊塗了。

「白斌，慢……慢一點……嗯嗚……」

回應他的是另一條腿也被抬起來，整個人被抵在牆上，猛烈地貫穿，持續不斷地侵犯。粗大的凶器幾乎都要刺到最裡面，連身體都刺穿了。

丁浩整個人攀在他身上，雙腿夾緊，不敢放鬆，嘴裡發出一連串無意義的呻吟，像是哭了一般。白斌似乎很喜歡聽這樣的聲音，又深深地頂入。丁浩被他頂得太深，身體都控制不住地一陣陣顫抖。

「白斌……不行……了……嗚……」

因為撞擊而貼著白斌摩擦的硬挺已經到了最後的關鍵時刻，丁浩用腿夾緊了白斌，小腹也在不斷顫抖。

白斌深深地吻住他，「我也是……快到了……」

丁浩顫抖地釋放的時候，白斌的動作還是毫不放慢，過了好一陣子才深深地挺入丁浩裡面，注入暖流。

丁浩抱著他的脖子，連咬人的力氣都沒有了。

「騙子，什麼叫你也快到了……！」

白斌感受裡面的濕熱一陣子後，慢慢抽了出來。他的頭髮又濕了，加上滿足的表情，看起來格外性感，「浩浩，我喜歡你。」

白斌又在他臉上親了兩口，親昵地蹭了蹭鼻尖，「我們去床上吧？我都準備好明天不起床了。」

丁浩撞了他額頭一下，「我要夠了，你自己解決。」

他的腰現在還很痛，白斌剛才的那個姿勢太勉強了，被壓在浴室的牆上，他都覺得自己要被折斷了。

白斌想試用剛才那個招數很久了，可是丁浩一直不配合。這次終於讓他得逞，也稍有滿足，大方地表示可以下次再繼續，「那好吧，明天。」

丁浩被他從後面探了手指進去攪動，引出射進去的液體，從後面流出來的感覺很鮮明，丁浩難得紅了臉。

「明天……再說……」

真的太久沒在一起了，白斌抱著丁浩睡覺的時候，都會不自覺地蹭蹭親親他。丁浩被這樣的小動作弄醒了好幾次，耳邊的熱氣惹得他搔癢難受，可是看到白斌睡熟的臉，也實在不知道要說什麼。

丁浩翻個身繼續睡，後面的傢伙立刻跟著一起翻了身，又把他摟在懷裡，耳廓被親了一下。剛想動，就聽見那個人小聲地嘟囔著夢話，似乎是個好夢，說的聲音也格外溫柔。

「浩浩……小笨蛋……」

丁浩動了一下，後面那個人也跟著蹭了蹭他的肩膀，整個人都壓過來。

「喜歡你……」

丁浩揉了揉耳朵，卻沒再掙脫開來，閉上眼睛，試著這樣入睡。

「我早就知道了啊，還有，你才是笨蛋……」

嘟囔完，被後面的溫熱抱住，疲憊了一天的人終於忍不住闔上眼皮，打了個呵欠，抱住橫在自己身前的手臂睡去。

—下集待續—